星影箫声

廉江涛 著

浙江工商大学出版社
ZHEJIANG GONGSHANG UNIVERSITY PRESS

图书在版编目(CIP)数据

星影箫声 / 廉江涛著. —杭州 ：浙江工商大学出版社，2017.5

ISBN 978-7-5178-2133-5

Ⅰ. ①星… Ⅱ. ①廉… Ⅲ. ①诗集—中国—当代②散文集—中国—当代 Ⅳ. ①I217.2

中国版本图书馆 CIP 数据核字(2017)第 077882 号

星影箫声

廉江涛 著

责任编辑	任晓燕
封面设计	林朦朦
责任印制	包建辉
出版发行	浙江工商大学出版社 (杭州市教工路 198 号　邮政编码 310012) (E-mail:zjgsupress@163.com) (网址:http://www.zjgsupress.com) 电话:0571-88904980,88831806(传真)
排　　版	杭州朝曦图文设计有限公司
印　　刷	杭州五象印务有限公司
开　　本	710mm×1000mm　1/16
印　　张	12
字　　数	198 千
版 印 次	2017 年 5 月第 1 版　2017 年 5 月第 1 次印刷
书　　号	ISBN 978-7-5178-2133-5
定　　价	38.00 元

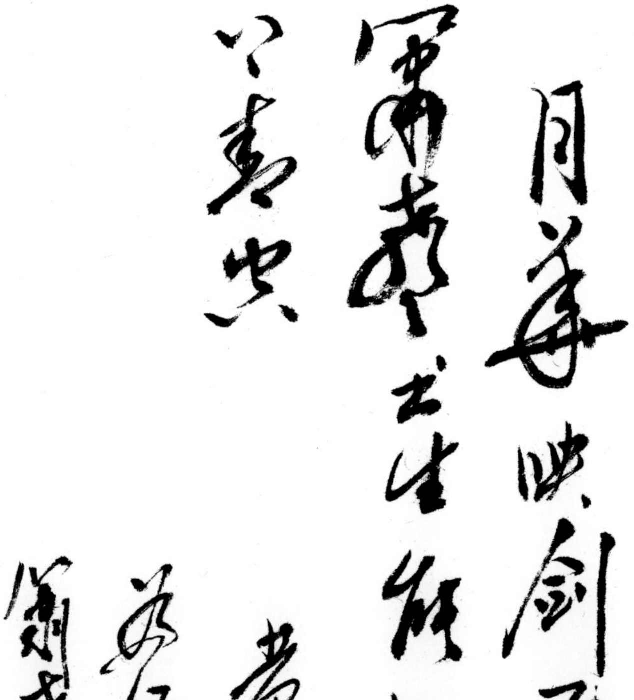

▲洛宁县人大副主任黄清杰题词

▶ 1990 年 4 月赴郑州参加“艺术语言大赛”时在“二七”纪念塔前留影

◀ 1999 年夏于武汉大学留影，此照为在武汉大学进修访学时所摄

呈现给“星影箫声”及其作者（代序）

吴兴民

终于，江涛要出版他的书了。

这是我久久期待的一本书，焦急等待中的一本书。

因为我知道这是一本文学品位很高的书。在追求文学的征途中，江涛一直勇往直前，他所表现出的执着、他坚韧不拔的意志力、他的卓殊人品才华，留给我很深的印象。

一

江涛和我是表亲，也是师生关系。在高中时，我教他们外语。但那时我们接触不太多，大概是我过于严苛。豫西师范毕业后，我们才接触很多，特别是我们先后调入师范以后。住得很近，天天都会到一块交流，事事都在一起商量。

求学的道路上，江涛经历过三次重大的飞跃。

第一次飞跃，是他读了武汉大学哲学专业之后。那时留给我印象最深的是他的散文《暮烟》，其实是一首非常棒的散文诗。“暮色中的山村，上空炊烟缭绕、缓慢上升、似动非动，村里呼唤切切有声。”在朦胧的暮色中交相回响，真如一支很美丽的歌、一首很美丽的诗。

二

江涛的第二次飞跃，是在读了武汉大学研究生班之后。

在武汉大学的两次函授中，有幸遇到了研究生导师、法学院副院长周运清先生。江涛优异的成绩，优越的天赋，尤其是他出色的文学水平，给周先生留下了很深的印象。后来，周老师给江涛发了邀请函。江涛就这样进了“访问学者”的行列，进入了武汉大学研究生班。

攻读研究生课程期间，周先生对江涛非常器重，最后对江涛逐字逐句逐文指导，甚至连标点符号、引语中的微小的不当都不放过。

两次在武汉大学学习，专业虽都不是文学，但知识结构的改变大大开阔了文学的思路，使他在文学创作上一下进入了另一个境界。在这之后，他写东西很多，有很长一段时间，他曾对我说他每天都要写几千字的文稿，只是这些文稿多数都不知失落在什么地方。

三

在与江涛长时间的接触中，留给我印象最深的不只是他的勤奋、他的意志力，更重要的是他的天赋。这在他最初期的作品中表现尤为明显。

他在早期的作品，留给我印象最深的有两篇。一是《缢索上的铃铛》，是写一个年轻的姑娘，被一个年轻人骗了，最后上吊自杀的故事。小说很短，艺术性很好。第二篇是剧作《车轮飞奔》，写乡下高中师生们劳动建校的故事。运木材的架子车中途坏了，这时天也黑了，又下起雨来。正在危难之时村支部书记领着群众来帮忙，将木材送到学校。剧很短小，但是唱词很好，舞台设计，场面情景设计很独特，把戏剧虚拟表演与诗意想象结合起来，很有影视剧般的效果。我记得唱词中写忆苦思甜有这么几句：“白日里糠菜粥日影乱晃，到夜晚星影动点点亮光。”在村支书帮忙渡过难关后的归途中，大家走圆场时舞台灯光全灭，一片黑暗中，众人有的举灯有的拉车。边唱边舞，意气风发，斗志昂扬，场面很有意义。这两篇初期作品已充分表明江涛在文学方面很有天赋。

四

江涛的文章在构思、表现手法、遣词造句上都新颖多变、不拘一格，处处使人感到他的文学功力和文字天赋。比如在他的《访学赋》中这样写道：“闲来寻诗夕林，忙余放歌东湖，卧时枕月入梦，白云挂帐阳台；醒来松影拂窗，绿凉登床洗面，读书时清风入户翻页，弄笛处鸟鸣林琴相和。”这些句子既写出文人优雅的生活,又极具明清文人清言风格。可见到他涉猎颇广,极近古人之风。

但仔细想来,却有才华横溢,不知节制之感。最近同郑友民老师谈及江涛的作品,他说“文气太重”,这使他的才气被埋没在文气里。

大约是在前年,同张宇谈及文学,他说跟二流的作品学技巧,跟一流大师的作品学境界。江涛的文章尚属阳春白雪,不是最高境界。

透过薄薄的深秋,我好像听见咴咴嘶鸣的北风拉着冬天的大车稳稳地驰走。大车染就的白雪蓬下边盖着的是什么?转身过去,伸根拔节之声清晰可闻,扬芳吐翠之声可闻,那正是阳春的骚动。此时此刻,我记起雪莱的诗句:“冬天到了,春天还会远吗。”

是的,江涛文学创作的春天将近,紧跟着阳春白雪之后!

但是,江涛已无力展现他的文学登峰造极的春天。由于身体状况不好,他一生的文学追求,能够奉献给人们的,只能是“阳春白雪”而已。

啊,阳春白雪!

2014 年深秋

目　录

下卷　论文

上卷·诗、赋

党是幸福引泉人

巍巍历史山，悠悠岁月水，寒山瘦水守着穷困的人。
山是千古山，水是万年水，满山的果园淌金银。
改革春风来，脱贫号角吹，治穷致富催醒了咱这山里人。
财如黄河浪，富裕扎下根，富而思源不忘本，党是引泉人。
引泉人。

注：该歌词经刘泽英同志谱曲后，曾被县文化局报送河南省文化厅被评为河南省群众文化文艺创作二等奖。

华山松

华山峰顶松，群星织英名。
云飘战袍舞，风动抚琴声。
斧斤影难到，天河濯盔缨。
不做栋梁材，柱天壮此生。

注：该诗原载于 1999 年 10 月《洛阳三师报》。

闻云岗弟京城获奖

一

一道清气乱京城，捷报传来冬雷声。
牧牛小子十年苦，八窍竹友托笛星。
父丧母贫衣食艰，竹里浩气洒江天。
西双版纳明月夜，黄浦江畔朝霞绚。
《春到湘江》紫竹意，《琅琊神韵》玉指点。
不凭金银买颜色，只向竹里拓新天。

二

海阔天高春正长，蛟龙归海鸟翔空。
为人当做摘星手，莫使雄心做俗囚。

人类太平我太平

中国梦神奇的梦，
神州大地起彩虹。
筑梦时：
山岭吐明月，
泰岳捧日升。
江河湖海抱星斗，
十三亿人盼复兴，
十三亿人筑奇梦，
古往今来汇愿景。

追梦中：
千帆万舸向太阳，
万马奔腾海涛鸣，
十三亿人齐追梦，
改天换地宇宙锋。
梦圆时：
和谐中国已建成，
五洲矗起新高峰。
和谐世界已在建，
人类太平我太平。

副歌：
龙腾云旋飞天去，
狮跃大地笑群雄。
重描中华韵，
再刮汉唐风。

话　别

把酒持盏别至交，香入肺腑意滔滔。
十载合力育兰圃，一心着意射云雕。
良师挚友贤兄语，春雨惠风暖寒涛。
此举振翼图南国，不衔仙丹不还巢。

1998 年秋月

梦　达

昨离河洛地，今从江汉游。
晴川历历树，芳草萋萋洲。
珞珈山溢彩，东湖水凝秀。
衔命求国策，生为天下忧。

赴武汉大学即事

一

睡意正浓梦正香，老表敲头报站忙。
手提箱包下车后，满城灯火是武昌。

二

满目灯火不夜城，初到异地尽异声。
举目漫行无宿处，拉客一似捉兔獐。

三

穿街过巷赖“福康”，电飞星驰珞珈岗。
灯火渐稀江风紧，深夜斗胆独张狂。

四

月照山林藏灯火，独步幽径共执着。
路是人迹何惧哉？山庄现时残星落。

五

玉泉润古木，绿树掩楼台。
翘脊宣王气，飞檐写巍峨。

六

导师一席话，拉我上天台。
师母拳拳意，香溢满桌菜。

赠关俊声县长

当年蒹葭倚玉树，倍觉风和露润清。
英姿八载魂梦里，铭骨图形关俊声。

悼念父亲

家贫躲丁掉虎穴，成都举义扶红旗。
筹划桑梓多谨慎，谋取衣食倍苦辛。
双目失明心犹亮，半身不遂意未灰。
痛悼我父跨鹤去，长留风范照后人。

登黄鹤楼

一

黄鹤楼上望眼开，吴楚山川缩地来。
大江西接三峡水，长桥梳流一河白。
神农东耸青天柱，君山浮螺救金钗。
江南风物多灵秀，洗尽胃中愁与哀。

二

黄鹤楼头一望惊，吴楚山川盖地雄。
大江西接天外水，长桥北连汉阳城。
葛洲坝锁千顷浪，峡湖鉴照神女峰。
南望韶山云霞蔚，八仙吹箫庆日升。
赤壁浪演逐鹿战，汨罗波抚忧国情。
遥望乡关风云外，客居南国带羞容。
借得濂溪千盅水，浇染峭山万峰青。
纳于大麓藏名山，碧血入地壮新松。

题岳飞铜像

骚人墨客随鹤逝，岳武穆王镇名楼。
马舔铁蹄踏云月，人瞩青空望星辰。
剑鸣匣中“复河山”，手握长卷《满江红》。
精忠报国为人杰，留照后人做豪雄。

观黄鹤楼碑林

黄鹤飞天去，瀑流射地来。
怒龙跃云霄，威虎卧玉台。

茶道姑娘

倩女盈笑“兰桂”语，茶道文化涓涓来。
义务宣传溢盛意，高雅清婉玉苑材。

蜡梅梦

庭院深深蜡梅开，万缕清芳枝上来。
非为春光做信使，单战严冬放霞彩。

桃花潭瀑布

如果，你是艳阳
我就是绸缎碧玉千尺深情
那飞流泻下的林海松涛
是我唱给你的歌声

如果，你是三九的酷寒
我就把周身结成青冰
任你用尖利沉重的山石
敲打希望，也休想让我
再去推动你生命的涡轮机
照彻暗夜，照耀世界，送万丈光明
让你的田园龟裂吧！我绝不滋润它
萌出半片鹅黄半片葱茏

闻师范改制

校由人民建，命已许兴邦。
教育要发展，正道是沧桑。

为生君弟喜迁新居而作

一轮甲子初度，驾坐层楼新房。
勿谓丹华已去，六月荷花正香。
听风听雨卧明窗，云起云落任风狂。
岫云无意出谷，松风知尔行藏。
高山流水知音，一天星斗文章。
悠对明月嬉戏，岂管桑榆夕阳。

2014年6月

注：该诗已由书法家洛宁书协主席王建涛先生书写成横幅，悬挂于段生君客厅。

洛阳市谭杰诗词创作研讨会有感

序：丙子隆冬，蜡梅盛开，“洛阳市谭杰诗词讨论会”于古都洛邑开幕，喜不自胜，凑句一组以志怀。

洛邑盛会蜡梅开，
风云妙手着意裁。
千朵阅尽难下剪，
万缕清芬枝上来。
儒雅隐隐才子气，
神韵落落诗家怀。
岁寒众友评章后，
坛洁英华肃凡埃。

灰衣兵士

——甘树人写意

序：甘树金矿的新竖电杆是由全体干部职工头顶烈日竖起的。他们吃在工地，干在工地，于是，峭崖边，丛林里，耸起一根根银色的电杆，一个个灰衣兵士。

一个个灰衣兵士
站立绿树间，扎根岩石中
不畏艰险，传送文明
写出甘树人的性格——
傲对八面来风

狂风暴雨，朔风舞雪
你们手拉手，
绷紧安全生产的链条
注释建设者的精明
每一位，都是甘树的顶天柱
每一位，都是现代文明的运输兵
每一位，都标示着甘树人的品格
每一位，都抒发着创造者的人生

信念同一，结成群体
一个心眼儿，奉献人生
一腔热情，熔化岩石，炼出黄金
为了洛宁的富裕，祖国的繁荣

没有枝叶，没有花蕾
寂寞、单调织就生命的航程
憨厚啊，一如山中的群峰
老鹰山佐证——

灿烂黄金，是你们粒粒汗珠结晶
发生了的事实不会改变
没有建设者就永远没有文明
消费者应当牢记
缺了奉献者，历史就没有成功
简单的人生有辉煌
诚实的劳动最可敬

甘树的雾

炊烟般的情调
飘纱样的身影
峰间的常客
翠衣仙翁烟锅里
升起的幽静

从大山的鼻孔里逸出
自有飞天的轻盈
风却莫名地恐惧
从不打扰你留恋绿色的思绪

峰顶的白云幻化成各种城堡
山麓溪歌，挽着草吟林鸣
蓝天晶莹，衬着悬浮的奶酪
伴着你，细抹诗的意境

小巷的记忆

正东正西，房舍严整
村子中间这条巷子的街门楼上
砖券里镌刻着进士的题名
中正巷成为四里八乡的标准胡同

青石铺就的小路就像蛇的脊骨
在一个个门楼前悄悄延伸
流淌过一首首古老的“莲花落”
流淌过迎娶的唢呐和送殡的哭声
进士的马蹄来来去去
曾与小路对话亲切
还有那避难人的步音牵引着
牵引着打冤家的枪声

小巷深深，小路弯弯
生命的荣荣枯枯里小巷还是小巷
捣衣的砧声伴着小路迎送了五百年的日落月升
这条时光的隧道里填塞的几乎全是哀怨不幸

小巷的路太窄了
踩着纵向等距排列的青石
仅容一人孤独前行
每当晒粮季节风云突变
抢运粮食的小车迎面走来
胡同里常常发生“战争”
任是爷孙相遇
任是叔侄逆行

吵骂骂跑了礼数
打架打碎了亲情
窄窄的胡同,弯弯的小路
总把激愤怒恨聚集成座座山峰

眼前的胡同里平躺着一条水泥路
电灯亮了,晚霞收尽残红
拖拉机唱着歌你来我往
擦肩而过时相互鸣笛致敬
深腰雨靴已走进了历史
锃亮的皮鞋在雨天依旧“咯咯”不停
舒心的脚步不再为泥泞忍气吞声
中正巷如今改了名了
除了那些怀旧的人
乡亲们只知道有个“仁和胡同”
走在巷子的新路上
我把历史与现实对比
心情舒畅啊——如
夏雨之后看见了彩虹

注:该诗原载于《洛宁之窗》2005年第4期。

出　塞

心中的海市
化做飘逝的云烟
我站在窗前
点起焚书的红火
将裹身暗夜点燃
砸碎七彩焕映的彤管
响一个决绝的音符
奏一曲哀婉的三叠《阳关》

本该折柳相赠的红裙
早把我思维中飞出的花朵
垫在攀登的足下
爬进那道高高的门槛
睥睨来路的眼光
似夜空里陡起的闪电
我的灵魂，就似
挨了一万皮鞭

扬一扬手中的自责
狠狠地抽在忠诚的马尻
发一声山裂般的嘶鸣
驰向塞外，只把背影对着
越来越小的井栏

注：该诗原载于 1998 年 10 月《洛阳三师报》。

静夜思

（歌词）

天湛蓝，月儿圆
儿托双腮望青天

娘在灯下忙刺绣
爹搓麻绳儿在门槛
为使孩儿能念书
娘的白发长
爹手茧磨穿

天青青，月粲粲
儿托双腮望青天

娘荷银锄踏月来
爹担水桶去浇园
为使孩儿念好书
娘脸汗珠滚
爹面皱纹添
星是泪，月是泪
儿托双腮泪不干
爹娘血汗为儿洒
似火炽情心中燃
孩儿发奋苦读书
立志济天下
誓要福人间

1988年12月2日晨4时

秋　夜

蛐蛐漫鸣
蝈蝈喧嚣
涧河跳一路欢闹

蜀叶飒飒
银河飘飘
山风送来消夜的葡萄
碾场的碌碡上，骑着
光腚的孩子，摇头唱着
星星亮亮，织女牛郎

这秋夜的清凉
就是她的端庄

1988 年 4 月 2 日夜于洛阳

清明节思绪

清明来了
摇着抽青的柳枝,项戴迎春的花藤
踏着燕子的哨音,扶着绿野的东风

你来了,带来了怀念的柔情
你来了,触发我满腹满胸的苦痛
走吧,一道走吧
去让英烈透视我们的心脏
我们这一代人的血液
是否同他们一般殷红

人们说,当代青年已蜕变
蜕变成狐狸的聪明,猴子的爱情
揽腰搭背随迪斯科一起飘曳就是铁证
有人说当代青年是滚动的刺猬
他们走过的地皮上都留下密密的黑洞
他们是钻心的蛀虫,只会坐吃山空
看他们的身上,“全副武装”要消耗多少人们的劳动

有人说当代青年是炸药桶
见不得半点火星,
这就是上一代人眼中的我们
可我们自有自己的档案
每一页都有花香溢出星辉飞蹦

“深圳速度”是我们生活节奏的荧屏
就连竹楼里唱着歌儿刺绣的村姑
也时刻倾听五洲的叫卖,市场行情

我们相爱，就拉着手在阳光下一起踏海浪，戏翩翩黄蝶
谁稀罕隔着门缝相窥那一套假正经

我们这一代年轻人啊，就是异于我们的父母
你看，我们眼睛总是盯着明天要来的远方
不愿流连身后那崎岖的路径
我们敢煽起改革之风摧枯拉朽
我们会用钢铁和智慧筑起新的长城
说我们是刺猬和炸药桶吗？
那是生活中还有贪官污吏
不给他们惩罚
祖国的未来和学生的前程就会葬送

我是一根手杖

我好像一根坚实而提携方便的手杖
道路坎坷狭窄的时候我站在最危险的地方
道路平坦的时候，我不过是他手中的点缀

我坦然，孑然一身
别人给我的，除了手心的温度，汗渍
还有重量和依傍

当他死去的时候，我可能还要殉他一起走进坟墓
他的子孙们幻想着我还要为他死后所用。

1983 年 11 月于崇阳

题《党全升书记垂钓》照片

手把翠绿的长虹
垂钓起忙中偷闲的喜悦
就在起钓的刹那
意外扑进了绿潭
该溅起满湖的失却
“不”,你仍微笑着
面向未来的岁月

无花果

翠盖擎天满园荫
春不发花夏果累
腹中浩荡清洁气
变作药桃医世人

鱼　劫

潜藏溪涧数千年
沙中生息凭浅滩
常吟清贫顺天地
今悔碧波弄水旋
何处小子多诳语
水泵炸弹降劫难
幼亡老迷遭逮捕
五腿奇鱼惹人怜

注：洛宁县马店乡小街村河滩，人传一小水滩常打漩涡，深以为怪。近日，有好事者带水泵、炸药前往。待抽水半晌，水涌不断。性起，点燃炸药爆之，现二头五腿怪物。小者死，大者被注射麻醉剂后，由洛阳人袋装而去。

水　犀

百里镜湖深千寻
摩天云峰半映身
一经水犀分波后
绿波半载尚有痕

注：洛宁县故县水库，人称高峡平湖，烟波浩渺，极为壮观。老百姓或有言曰，水中曾有一牛状动物飞速横越水面，抵岸而没。水痕经久不息，甚怪。

镜　子

爱人，你这镜子里
我是一只爬着摇尾的狗
终生这般卧着
便是你的拥有

从你这面镜里，我看到了爱人
我是蓬头跣足破衣烂衫的乞丐
捧一双接受施舍颤抖的手
我知道，我的生命里没有拳头

往日的潇洒哪里去了
我这般活着我好难受
还是 bye bye 沙扬娜拉吧
天地如此广阔，咱们
早该分开走

1995 年 11 月 10 日

注：该诗原载于三门峡《洛神》杂志。

乐　社

银杏树右赏月亭
夜入三更笙箫声
九十老翁作寿诞
弦歌起自夕阳红

登岳阳楼

三楚雄风聚此地，范公名作辉万秋。
书生今朝登临罢，忧乐往后在神州。

1998年12月28日

访洞庭君山

一

乘车登船过洞庭，造寺访庙拜娥英。
真爱天地多佑护，风恶浪高放舟行。

二

为寻胜迹到君山，柳毅井前苦留恋。
人生自古信为本，信字一显通名仙。

三

青山坳里猴世界，刁顽泼皮多无行。
我有苹果抢不得，拔剑百分为公平。

毛主席 105 周年诞辰赴韶山

一

苍天漆漆雾湿裳，稀雨冷风夜正长。
悼念领袖韶山去，摸黑飞下珞珈岗。

二

节节车厢不透风，南行为拜毛泽东。
旅友交谈通名后，万千赤子多工农。

三

下车先闻鞭炮响，绿云深处暴雨狂。
披松穿雾循声去，导师像前舞狮忙。

四

上屋场前清水塘，夕阳影里半杏黄。
苍然老塘可记否，当年润芝染水香。

五

上屋场里泪纷纷，悲情难抑哭英魂。
江山犹在亲人去，叫人思念千万春。

六

血染春秋百年史，统领江山四十载。
自从伟人辞世去，红日不上赫曦台。

七

伟人像前人如海，鞠躬叩首各表爱。
拜罢泪水擦不尽，燃鞭鸣炮悼统帅。

闻楚乐

楚乐奏动满园香，飞绕层楼穿回廊。
埙吹夕阳招魂篇，钟鸣夜月慰国殇。
筝拨松风起云岫，箫动春思过宫墙。
古韵一脉天外来，源远流长伴长江。

游岳麓书院

一

唯楚有材洞庭浪，导源于此古学堂。
验看历史百余载，岳麓林立柱国梁。

二

岳麓翼立爱晚亭，翠云红枫结伴生。
若非借得名人句，种桃放鹤一场空。

三

橘子洲头寻胜意，雾锁湘水浪不惊。
唯见洪峰遗迹后，黄泥赭石灼眼疼。

四

拜罢书院意未平，更慕南国重教情。
故园倘能起圣殿，河洛浪涛过洞庭。

五

不在钱财不在兵，重教自能霸豪雄。
十分江山楚占九，百年风云起洞庭。

1998年12月27日

巡警之歌

一

我们是人民的巡警
肩负着城市的安宁
除恶甘洒一腔血
乐为人民献忠诚
巡过大街巡小巷
送了温暖送深情
哪有艰险和危难
哪里就有咱巡警
父老乡亲认识我
咱愿做人民的好巡警

二

我们是人民的巡警
建设文明一支兵
甩开双臂走街巷
踏过黄昏踏黎明
头顶朝阳戴明月
巡过春夏巡秋冬
有了艰险和危难
请叫一声咱巡警
风霜雨雪认识我
祖国的卫士人民的兵

注：此歌经洛宁县公安局的“五警”联唱而出名。

嵩县记游

一

故地重游觅旧踪，迷雾锁林万千重。
“珍珠”倩影今何在，暮霭沉沉松涛声。

二

白云山头风锥急，背倚亭柱望春星。
娇莺浅呼五更寒，秋水荡漾待日升。

三

九龙溪谷卧沙滩，莺燕争峙夕阳红。
剪影快门瞬间闭，惹起笑语荡山风。

四

昔日小将成新英，驰骑乡下别有情。
银线飞传晤谈意，“隔山隔水不隔程”。

访学赋[①]

不惑天命间访学武大，高等学府中拜师研修。为时兮一轮春秋，所学兮三千世界。是时也，居珞珈山面东湖水，读百家书写千字文。造访古今，涉猎中外，指点江山，激扬文字。虽为未名学者，亦做忧国野人。生活兮优雅，著述兮辛苦。

生活优雅者何？曰：闲来寻诗夕林，忙余放歌东湖。卧时枕月入梦，白云挂帐阳台；醒来松影拂窗，绿凉登床洗面；读书时清风入户翻页；弄笛处鸟鸣林琴相和。心身常在优雅地，“四乡”[②]主人安有我之快哉？

著述辛苦者何，可概而言之曰：智明术高字巧之求，较医者，诗人，谋士难也。医者，眼中唯见疾病，药到病除即为良医。为要病除，苦口良药可用，剜疮利刃可举。我辈则不然，良药苦口者不用，剜疮利刃者忌操，而要除病成良医，此一难也。

风人作诗，求意深字巧，搜肠挖肚，偃蹇中庭，搔短青丝，捻断髭须，合意即可。有平仄韵律之求，无政策法则之限。我辈著作，则须意深字巧并中方圆之度，无违法犯忌之嫌。故较诗人难矣。此二难也。

谋士为人智胆。为人设谋力求谋诡计奇，只为目的，不问手段。二桃杀三士，暗地度陈仓，鸿门宴，连环计只可放手用来。我辈治策当光明正大，钟鼓之师可兴，阴谋诡计不用，而计要成，策要巧。此所谓难于谋士者也。此三难也。

每每临案提笔之前，定课题，搞假设，查资料，立主脑，选材料，谋结构，选语言，有怀胎十月之累，巧除瘤疾之虑，具选药组方之慎，选字拣句之苦。无智士斗巧之乐，有足履薄冰之险。每一篇出，似孕妇释累，空荡荡，软绵绵，犹心力交瘁，气血耗于耳。是故，生活优雅亦苦，心不宽，梦不安，神不定，体不胖也。

访学将毕，搜忆往事，提笔一赋为记。

注：①我于 1998 年冬—1999 年 7 月以科研进修访问学者身份，拜师于武汉大学法学院社会学研究所周运清教授门下访学一年。该赋原载于 1999 年 11 月 12 日《洛阳三师报》。②“四乡”：即白云乡，富贵乡，温柔乡和醉乡。清朝文人袁枚称自己是“四乡”主人。

中卷·散文

碑　文

一

先父为宗范公之曾孙，虎帅公之长孙，重喜公之长子，谢世后因祖坟拥挤，无理想墓地，遂选新址葬此。

父生于一九二七年十一月二十六日，卒于一九九八年十月十二日，享年七十一岁；母生于一九二七年二月十四日，卒于一九九七年九月二十九日，享年七十岁。

先父生于贫寒，长于饥馑和荒乱，弟兄四人，其为长兄。父性颖悟，虽仅就学四载，然融会贯通，举一反三，书算说写，排扰解纷，堪称其长。年少，曾祖母丁氏入山垦荒治穷，父与二叔陪伴左右，山涧炊，野庙宿，垦荒坡，种瓜豆，劳苦备尝。幸天赐嘉报，小有收获，养家糊口，奉献微功。壮年务农，负担沉重，十口之家，衣食常窘。三余之时，身赴深山，举斧挥镰，伐木断竹，肩扛车拉，走贩乡城。三叔慨然，接济繁重。子女八人，赖之长成。尽皆入学，未有蒙童。中年偃蹇，浩劫催命。身心受创，目光失明。虑事周详，思覆三生。暮年偏瘫，心志犹雄。教儿训女，谆谆有声。衔山夕阳，竭尽柔情。斗穷治愚兮毕其一生。

慈母刘氏，性惠手灵，裁剪织绣，刀尺皆工，蒸煮烹调，样样精通。丰收年，粗粮细作，母爱酿出合家欢；荒旱年，糠菜巧调，捧出无私一颗心。油灯下，纺车织机声敲三更夜；朔风里，送儿入山、上学，孤影暖寒星。厨房里，湿柴带叶烧，煮蒸和泪三餐就；除夕夜，拥被绱鞋，绣衣绣帽，忙惊五更鸡。母在时，我等被春晖一路欢歌；母仙去，儿女当西风不堪霜寒。

赞曰：父母恩泽浩荡长河千顷浪
严慈晖光照御后代九重天

武汉大学社会学研究所访问学者
北京当代中国出版社特约作家　孝男江涛撰文
洛阳第三师范学校中文讲师

二

故曾祖父宗范公及曾祖母简氏出生年月和生平事迹不详。据宗庙献殿正中悬挂牌匾有公之署名和族中长老传说推断，公当为热心村务小有建树者。曾祖母简氏身健气朗，性情豪爽，处事干练当为女杰。

故祖父生于吉年吉月吉日，殁于吉年吉月吉日，享年二十三岁；故祖母生于一八八八年十二月二十三日，殁于一九六九年八月十四日，享年八十二岁。祖母丁氏出身望族，适廉门后，自十八岁起守寡六十三春，青年失侣，家道陵替，抱独子守清苦，生活维艰。壮年时，兵患匪祸，天旱岁凶，屡遭劫难。因家徒四壁，箪瓢屡空，室多啼饥之声，曾携孙入山开荒，夜宿野庙，承狼嗥豹吼之恐，傍河而炊，受风刀雨剑之袭，苦不堪言。晚照之期，乾坤斗转，人丁兴旺，儿孙奉养以孝，笑颜常开，福寿两齐。

故父生于一九〇六年五月五日，殁于一九七〇年七月十六日，享年六十四岁；故母生于一九〇八年五月十九日，殁于一九八一年十二月十一日，享年七十三岁。父幼年失怙依祖母活命。中年，草堂露天，衣食不继，加人丁渐多，受尽告借无门，奔投无地之窘。后得族人指点，潜修医理，终谙岐黄之术。父心良善，行医四方。雪夜出诊不言苦，风雨救治常奔波。救死扶伤有术，济危扶困显德。称誉载道，口碑极佳。母李氏侍长抚幼，纺绩稼穑，勤贤俭让，美德懿范，天纸难书。善行积福，晚年解颐，天赐嘉报，无疾而终，正寝归仙。

赞曰：富贵不长在，贫穷无固根。善可结福果，勤俭胜金银。悠悠家史，胜于雄辩，造化钟勤，天道酬善，望我后人，铭记于心，躬身践行。

值长兄亡故三周年之际，铭文于石，以表孝思，以彰后世。

宗范公曾孙超臣

公元 2001 年 11 月 26 日

注：此碑文由廉江涛代笔。

巡视死亡线

某日傍晚散步至风光村，当湖光山色撩拨起心中那份愉悦，舒适刚刚泛起之际，一阵刺鼻的鱼腥味便随风扑来，使人掩鼻摇头，顿生诧异。环顾身旁，并未有渔人或鱼贩走过，也未见到有遗弃的鱼篓之类的垃圾堆积，可鱼腥味之浓烈就在近前。

待走到岸边，一副惨象便在眼前，一条条翻肚亮白的死鱼沿湖岸“死尸枕藉”，在一波波湖浪的推搡下一厘厘地向湖岸涌来。顺湖岸望去，这些失去生命的僵尸构筑成一道白亮亮的死亡线，就像是水族共举的代表远来赴岸的“以死抗争”的请愿者。

天阴沉着，雨意较浓，清风拂过死亡线，自然就变成了一股股腥风。

我不知道这么多鱼死亡的原因。经向当地人打听，始知此乃“水质太差”的缘故。他还告诉我说：“这还不算多呢，在有污水泄湖处的夏天，死鱼才多呢。”

我终于明白了，是人们自己在污染环境的同时污染着人类生命。

我又想到，如果每天都有这么多鱼死掉（且不说“夏天才多呢”），腐烂之后的鱼尸使湖水变脏变臭，再加上排污，“污上加污”，那死的鱼岂不更呈“指数增长”？空气岂不是变得越来越腥，苍蝇蚊子这些可恶的东西岂不是倍增般的“超生超育”，弄得人烦恼满天飞？当这一切演变到一定限度，我们还怎么在湖边生存？风光村的风光还会“风光”吗？

近来有学者认为，“经济系统与环境系统之间的动态均衡”，被强调为“衡量国家与区域的发展中心”。发展经济的同时，保护环境对于国家和区域发展的重要性。而我国在春秋战国时代，就产生了保护好再生资源以资可持续利用的思想。如《孟子 · 梁惠王上》云：“不违农时，谷不可胜食也；数罟不入洿池，鱼鳖不可胜食也；斧斤以时入山林，材木不可胜用也。”《荀子 · 王制篇》云：“斩伐养长不失其时，故山林不童而百姓有余材也。”《逸周书 · 大聚解》云：“春三月，山林不登斧斤，以成草木之长;夏三月,川泽不入网罟,以成鱼鳖之长。”《吕氏春秋》:“竭泽而渔,岂无获得?而明年无鱼;焚薮而田,岂不获得?而明年无兽。”这是我国古代人民用物不可违其时,不损物之成长,以便长久利用的例子。这说明我国人民在两千多年前就注意到了人和自然息息相关,认识到人和自然环境应当和谐相处的重要性。而两千多年后的今天,当环境资源越来越成为人类社会可持续发展的重要因素时,我们反而在麻木地毁坏自己赖以生存的环境,这是一种“进化”还是一种“倒退”?

其实,保护环境的重要性人们未必不清楚。关键在于一己之私利向人们招手的时候,一些急功近利的人就对自己的、集体的、国家的、人类的整体和长远的根本性的利益“顾不得了”!

这是一种极其愚蠢的短期行为,这是一种葬送人类未来的行为。如果任其发展下去,人类的生存极限就可能到来。

对于环境保护,我国自有法律。对于为一己之私而污染破坏环境、危害社会的主体,每个文明的公民都有责任要求政府运用法律武器令其为那“一己之私”而采取的不负责任的短期行为“付出该付的”生产成本。决不能允许那种“自己坐在家里吃肉喝酒,却把便盆倾倒在大街上”的行为继续下去了!

注:风光村,武汉大学东门外东湖边上的一个渔村。

撑起生命的绿伞

同志们，朋友们：

非常感谢县工会和大家能提供给我这样难得的机会，使我有幸分享精神文明建设的成果。精神文明建设的核心就是思想和道德的建设。借此机会，我想谈谈对道德建设中职业道德的理解和体会。概括起来就是：撑起生命的绿伞，却不是为了自己。

职业道德教育在我国很早就开始了。古代有些著名的医生在自己徒弟出师时，都要赠送灯笼和雨伞，以鼓励和启迪弟子们发扬优良的医德传统，不分昼夜，风雨无阻地为民行医，救人之危。这就是一种古老而有效的道德教育方式。就像县工会举办演讲会来进行职业道德教育，鼓励和启迪我们敬重本职工作，树立起献身本职的决心一样。既然如此，我们就要接过这盏播火的灯笼，撑起这把生命的雨伞，以不分昼夜、风雨兼程的敬业奉献者的姿态，昂首阔步，走完人生之路。

我受到的职业道德教育，回想起来，是24年前18岁起走上讲坛后，从老教师那里开始的。就是说，是教育界的先行者们以言传教的方式对我进行职业道德教育的。我尽管上了中专上大学受过系统的职业道德教育，但最生动、最活泼、最有效的职业道德教育则是教育先行者们对我的直接影响。这种影响归结起来就是一句话：教师的职业是树的职业，是撑起生命的绿伞，托起小鸟去翱翔的职业，它是从敬业开始的。

许多老同志告诉我，干咱这一行的，物质上不一定富有，但精神上绝对不贫穷。我们是以社会代表者的身份，通过自己创造性的劳动，从事传递人类智慧和道德的神圣工作，就像是一株株绿色常在的树木，使小鸟们借助它学会了歌唱，跳枝和飞翔。由稚嫩变为成熟，然后飞进蓝天去寻找属于它们自己的那一片天空一样。我们庇护的是别人，托起的是别人，留下的是自己。一年又一年，一代又一代，循环往复，无穷无尽。人类就是这样一代胜过一代，向着更高更完美的境界前进的。可以说，教师和教师的劳动塑造了人类。没有教师和教师的劳动，就没有叱咤风云的英雄，也不会有彪炳千古的伟人，人类社会不知会长出多少无知的荆棘和荒芜，将人类文明吞没。看看老同志们被岁月染白的银发，被劳累和艰辛压驼的脊梁。望着他们因奉献而布满皱纹的面孔，感受着他们因无私而凝就的儒雅与豁达。我就想说，世界上再也没有比教师这一行业更值得骄傲的职业，再也没有比这个职业精神上更富有，更满足的职业。

从事教师这个职业让我感到自豪。我看到自己家乡的许多人都因开矿发了家，村中的朋友们都劝我利用星期天回家开矿，保证让我只赚不赔。有几个兄弟甚至把自己品位极高的矿石留下一部分给我，并说这些矿石的收入将比我一年的工资还要多，催我快回家。但是，看着学生们春潮般涨起来的学习激情，想想党的重托，想到自己从事的这项工作的成败将直接影响学校在全省师范学校中的社会声誉，就在责任和金钱之间毅然选择了职业责任，放弃了这个发财的机会。工作顺利达标之后，特别是超标的好成绩受到省教委、省语委的领导表扬之后，学生们知道了我为了工作而蒙受的经济损失后，许多学生感动得哭了。还有些学生写来信件、诗歌表达感激之情。现在，我办公室的柜子里还保存着学生们写的诗文。其中，有人写道："老师，物欲横流中，你是巍然的砥柱，人生旅途，你是雨夜的灯盏，认识你，我便认识了人生，金钱算什么？万两黄金买不来的，是你纯洁的灵魂……"

在学校工作中，我努力做好自己的本职工作。省里统考，我和同伴所教的课程荣获洛阳市第一，去年及格率在99.89%。

不是分内的工作，我也力争做好。学校没有民乐队，我这个语文教师，就在课外组建了180余人的民族器乐训练班，学生高兴，领导满意。带领毕业生实习，1995年我受到嵩县教委领导表扬，1996年在宜阳三乡实习，宜阳电视台越过一师、二师实习点，专程采访报道了我带领的三师实习点。实习学校所在地的群众叫好，师生称赞，村里破例为30名实习生赠送了丰厚的纪念品……，我回顾自己走过的路，觉得奉献是一种快乐，而从事某种职业，驾轻就熟之后，会越干越有劲，越干越轻松，越干越能干出成绩，干出艺术，干出人生的一片新天地。干就是奉献，但奉献绝不是损失，我虽然把青春留在了山区，但山区却因此而开放出一片文明的花，精力献给了学生，献给了社会，献给了人类，失去了一笔可观的物质财富，但获得的感动、鼓励、赞扬，难道不同样是一笔可观的精神财富吗？所以，我认为敬业者必有奉献，奉献者本身就是一片文明的辉煌。敬业是道，奉献是德。没有道德何必做人，不讲敬业绝无奉献。因此，我敢说敬业奉献是从业者的立足点，做人的根本。

如果有人问我，你如今有著作，有职称，功成名就，下一步的追求目标是什么？我会告诉他：尽管我没有房子，没有票子，没有许多人都削尖脑袋去争着戴的官帽子，但我要做的仍然是撑起生命的绿伞，手提播种火种的灯笼。不分昼夜，风雨兼程，向着为人师表的远方走去，永不回头，只把身影留在身后！

谢谢大家！

注：该篇是1993年我在洛宁县总工会演讲比赛荣获二等奖时的文稿。

祭　文

夫水有源头，木有根本，天有星宿，人有祖宗。我廉氏乃黄帝之一脉，颛顼之后人。自大廉而得姓于今概四五千年矣。可谓浩浩荡荡，源远流长。先有廉颇之良将，攻城野战，武可安国；后有贤能之士，诗赋策略，经天纬地，文能定邦。唯我先祖，自晋入斯，虽家无皇王将相之誉，亦有冠盖满堂，诗书簪缨，皇坊旌节之荣崇，养新教谕之贤，尊昌洁治世之能，念风池诗笔之妙，仰凤梧请命之功。即令耕耘农亩，劝业桑麻，亦可孝行于家，义泽里闾。其德望昭，攻业著，家风淳，族声清。不唯有口皆碑，更乃有史可证。盖明清至民国之季，虽浩劫频仍，烽烟遍地，寇盗猖獗，其间赴义急难之侠，济危扶困之士，似星月经天，代有辈出。即使骨肉异处同胞离散，亦心存慰问，遥祝平安，不失先祖古朴仁义之遗风。故人有望族之称，士多蒹葭玉树之附耳。新中国成立后，惠风和畅，安居乐业，我族人知书习礼，家业有成，趾鳞兴旺，芝兰芬芳，尊老爱幼，敬贤孝老，养鳏寡而抚孤独，惜孱弱而助病残，故世谓清廉有忠厚文明之风。而今，我族有为官入伍者，殷怀勤政为民之念；求学奋进者，永忆逆水行舟之警；从贾经商者，时效艰苦创业之举；务农垅亩者，切步勤俭持家之道。且幸今逢盛世，政通人和，百废俱兴，鸢展千里之翅，鱼跃万顷之波，万民畅心而快意，百姓和乐而安泰。我廉氏后裔，重整祠堂，风云际会，次第肃立列祖灵前，虔虔以拜，以慰天灵，以沐祖恩。冀先祖遗德百代流芳，奎阳亮节千秋永载，从此子孙繁茂，如辛夷被春。岁岁临祠祭祀，年年合族膜拜，扬麾幡以升降，光俎豆而常新。

1998 年 3 月 6 日于洛宁县底张乡上高村

朋友之间

我们两个都爱文学，都不爱喝酒，两个人都抽烟，都下棋，都有很强的历史使命感和社会责任感。尽管两人的自然条件相差甚远，但在许多方面却像一对孪生兄弟。

无事时，两人就“挑战”对垒，排兵布阵，攻守杀伐，斗得难解难分。但只要有人叫谁一声“有事”，马上就弃局而去，一个觉得“自然”，一个觉得“应该”。玩物不丧志，爱弈不入迷。我们俩都爱上“抬杠儿”，热烈激辩处也时常“张牙舞爪”，但一旦罢兵息战，就相互到对方兜里掏烟吸，心中并未存下丝毫芥蒂。

我们俩人都是穷光蛋。前些年两人上街，见街旁柳荫下一老汉依树坐担，扇着草帽守着两筐梅杏，那杏儿个个红着半张脸，就想吃。两个人摸遍了全身共得5分钱，相视一笑，扭头便走。卖杏老翁也许感于诚意，也许出于怜悯，叫转回来破例贱卖一个，我们接过来赧然遁去。行至无人处，坐在杨槐树下掰开来一人一半，我吃的红他吃的黄。至今他吃杏时咀嚼杏肉的惬意相，仍历历在目，思及此果香便依稀在口中萦回。

我们俩都爱书，谁有新书购来便要通报“重大决策”，并反复把玩评头论足，说到高兴，末了一句话常常是“看完让我看看”，尔后才走人。我们俩写的诗，对方必是第一个读者，看到佳处必读出声来，一唱一和，末了总是哈哈一笑，一句“你（我）咋跟着念，真是！”

我们常开玩笑。无人处我称他高大的个子憨厚的表情缓重的步子像是“骆驼”，他说我小巧玲珑戴个眼镜得理不让人活脱脱一条“眼镜蛇”。我说他写的东西像一个圆溜溜亮铮铮的钢球，他说我写的东西是根直愣愣闪亮亮的钢针。说完我们就哈哈大笑一阵儿，回到家里美滋滋地多吃半碗饭。

有一次我俩一道出差，我让他坐我身边，他偏要坐我身后。中途我们被车摇来晃去晃荡瞌睡了，不知过了多长时间，发觉有人拍我肩膀，扭回头一看，他身后已空无一人。他已从身边把包拿起放在两腿间翻着，包背面被拉开一道口子，五六寸，装在里面的一条灰色制服短裤的衣袋也被开了膛，显然，窃贼就是这样突破重重屏障将钱盗去的。他皱了眉，撇着嘴“唉——”了一声，沮丧地连声说：“250元，250元哪——”然后抬起头对我说：“嗯，回去千万别给我那口子说，她是癌症，已到后期！”我郑重地点了点头，算是保证。看他可怜巴巴的样子，就埋怨他“我叫你坐身边，你偏要坐后头……”他说：“我坐你身后边你不是更安全吗？”我张大嘴说不出话来。

后来他的爱人亡故发丧，我一直在场忙乎，他续弦再娶，我里外张罗。且莫说贴对子贴窗花，就是连墙上的灰尘蛛网，桌子上的墨水瓶教案本，地上的纸张烟头瓜子皮儿，床下的布鞋皮鞋塑料鞋都是我给整理的。客人来了，倒水点烟让喜糖，端茶端汤端蒸馍，我几乎都包了下来。那天，我简直成了一只飞来飞去的蝴蝶。一天下来，虽说腰酸背疼，但心里像是完成了自己人生一个重大的工程一样高兴、舒坦。

有一天，我们俩又在一块胡吹，说起了在一起喝酒的看法。他说：“我就不信到一块儿吆五喝六地喝个你死我活，喝喝吐吐，打打骂骂能成好朋友。”我说：“君子之交淡如水嘛，像咱俩，标标准准的酒外汉……”未等我说完，他弹了一下烟灰儿，两臂往胸前一抱，抢着说：“可咱弟儿俩情分却浓于酒哇！”他正说到了我的心里头。

他比我大六岁，我比他小六年，他是我的一湾碧水，我是碧水中的一叶白帆。水是船的路，船是水的梦……船无水不行，水无船则寡。朋友之间合当如斯。

修复美丽不是神话

在我的记忆中，我那靠山的家乡是秀丽的。山青水绿，天蓝云白，泉歌鸟鸣自不必说。单是夏夜星空下从村对面黝黑山影中传来的林涛鹿鸣，就使闲坐庭院享受清风沐体的悠然和娴静的人们万虑俱消，如遨游童话世界一般了。如果是秋夜，嘴里再咀嚼着白日里从山上采来的了味、葡萄、猕猴桃之类的山果，药食两吞似乎就成了尘世仙人。此刻，大人们总会如数家珍般地交换着自己在山里的奇遇：什么地方的山桃红啦，哪片林中的黑药露头啦，哪道洼里的野鹿、黄羊闹群啦……都会随着果汁酸甜的清凉浸入我的每一根神经，使我瞪大了眼睛尽情去囊括儿童的新奇。后来，我远离家乡谋生，每当夜深人静，卸去了一天疲劳的我就常常想念家乡。意念中的家乡总是同她特有的自然环境联系在一起。想起那天、那水、那山、那云、那夏夜星空下的林涛鹿鸣，那娴静和悠然……

也许是六七十年代吧，一个冬日的夕照半山时分。站在茅屋门前举目望去，山秃了，河干了，山水失去了秀气。夜晚，耳畔消失了林涛鹿鸣。乡亲们家中觅不到必存的山果，长辈们口中干涸了有关山林的动人故事，我感到失望。心想，这意念中的家乡和现实的家乡已无法重叠，是增长的年龄和见闻迟钝了我的新奇感，还是家乡的新奇和珍稀确已远我而去？我弄不明白，问问儿时常常向我讲述山林故事的长者，他们都报以伤感的叹息："明天太阳快落山时你站到村南头往山里看看吧，什么都会明白的……"

次日夕阳衔山时分，我如期站在村南头，举目望去，那两山夹峙的狭窄山涧里乱石滚滚，笼罩着无尽的悲怆和无奈。一道望不见头尾的人流正纷乱而悄悄地流动着，每人肩上都扛着一根剥去了树皮的木材。在如血残阳的映照下，宛如一条白色的蟒蛇蠕动着向村落游来。我知道这是靠山吃山的人们医治贫穷的便捷法门。后来听说，人们为此要鸡叫头遍上山，先是跑上二十里、三十里，最后要跑到六七十里去砍木材，以此来支撑一家妻儿老小的吃喝穿戴和医药花费。农闲时年年月月，天天如此。这条白色的蟒蛇不断地向村落游来，我知道，这是大自然的骨骸在随着人们的欲流漂动，是我们人类母亲的身体被肢解。然而，这累累的白骨能医治人们的穷根吗？贫穷的人们以巨大的艰辛和残酷的手段来维持着自己的低级生存状态，这种剜肉补疮、饮血止渴的求生方式，除了使大面积的森林被毁灭之外，还能带来什么呢？这时，我的目光触及河床上那滚滚的乱石和被冲积得几乎一人来高的与地堰同齐的沙砾堆。它使我想起儿时在雨晴后的春日去那里捡蜗牛的情景。那时，满堰的藤蔓和野花，逗引得我们不惜搭人梯去攀缘采摘。而现在用不着了，乱石和沙砾堆使我徒增诸多悲凉和惆怅。这些山洪的遗物，使我联想到山洪暴发时那从一面面光秃秃的山坡上奔流而下的泥石流，带着森林消失后无法忍耐的愤怒，狂扑野跳地向农田、道路和村落进击的暴戾之气。土地沙漠化正向我们逼近，往日只有在密林里才可见到的葫芦蜂，如今为了生存，居然大模大样地在田头地畔零零星星的杨树、柿树上垒起了斗大的巢穴，它的出现，对农人劳作是一种公然的威胁，今年竟蜇死了一位农妇。但这谁又能说不是大自然对人类的报复呢？据说，住在村边的几户农家的房檐下、门楣上也有葫芦蜂安营扎寨。动物登堂入室同人们争夺生存空间，已不再是危言耸听的警告，危险就在眼前了。唉，秀丽的家乡已不再秀丽！那时我确如此哀叹。

到了八十年代，我在城里定居。回家乡的次数多了，见到的自然惨象更令我毛骨悚然。由于几乎所有的地表褶皱里都响起开矿、采石的炮声，隆隆的轰响中无数大山被开膛破腹，山岩被肢解，山石和沙土被雨水带进河道，一条条原来清澈见底的小溪变成了一道道浊黄的泥浆流，氰化矿石的剧毒物质同浊黄的泥流一起将鱼蟹龟蛙无情杀死，而以这些水生动物为食的鹰、狐等飞禽走兽也遭到灭顶之灾。原来动听的鹰唳狐鸣瘖哑了，充满生命活力的山野一片可怖的寂静。没有了天敌的老鼠们肆无忌惮地加劲繁殖起来，猖獗起来。人们的夜晚再也不得安宁，因为夜已成了老鼠肆虐的世界。老鼠咬伤婴儿和老人的传闻不时闯进人们茶余饭后的话题。大自然正以其独特的方式给人们以严厉的惩罚，秀丽已经隐遁，恐怖压上人们的梦境。惊骇中，我时常默念，家乡的秀丽你还能回来吗？

大自然是人类的母亲，是她养育了我们，我们应当在她面前表现出人类应有的道德！保护森林，保护河流，保护自然，修复环境，对于人类它是一种责任和义务，更是生存和发展的需要。因为我们要靠大自然提供生存和发展的资源。

近年来，我的家乡已出现了一些可喜的变化。震耳欲聋的开山炮声逐渐稀疏了、消失了，毁林烧炭、开荒的行为绝迹了，令人胆战心惊的山林野火不见了。次生林已生长起来，野草和藤本植物扯山连岭地横生蔓延，人工林已撑起片片绿云，飞来的斑鸠、黄鹂、铁翅鸟找到了栖息歌唱的营盘，河水也清澈起来。沿溪散步，偶尔可以见到小拇指大的鱼儿窜过游人的视线。据说，当地林业部门为保护天然林，已着手进行普查规划工作，这项工作，在国家1700亿元的巨额投资支持下，将会很快进入依法有序高效的运行状态。植树种草的队伍将红旗插遍山山岭岭。疏浚河道的巨型推土机夜以继日地吼着叫着，在一条条涧溪里推出道道巨堤长龙……这是森林、河流、山泉的福音，这是飞禽走兽树木花草的福音，这更是我们人类的福音！据此，我相信，修复家乡的秀丽不是梦，不是神话，而是一种指日可待的现实。童话般的夜晚，尘世仙人般的生活就要回到我们中间来啦！

1999年11月24日

感觉全宝山

我游览过不少名山，但真正给了我古朴、苍凉、雄浑的自然感、原始感的是今年五月的首次全宝山之行。

浪涛源

“全宝山位于豫西山区，海拔2103米。它距离洛阳130余公里。距离洛宁县城50公里，距离宋代名将杨再兴擒杀元军守将孙洪的古战场葫芦峪15公里……”洛宁县志如是记载。

出洛宁县城西南行，过长水洛河大桥往西拐，就踏上了寻访全宝山的历程。公路在峡谷中穿行，两岸是高过千米的连绵群山。从此往全宝山七十余华里，除古葫芦峪即而今兴华镇属盆地地形外，全是越来越高的大山。好似造化用饱蘸绿色的巨笔在蓝天黄土之间来回反复画出的曲线。这曲线由低到高，向全宝山延伸着。越往里走，峡谷越窄。到全宝山林场，这峡谷窄得似乎伸直了双臂就可以触到两边大山。刚一下车，绿色和清凉就向你扑来。环顾四周，壁立的大山被绿树覆盖。除了场部院内的黄土和两座楼房，除了泉水泠泠的水沟中半藏于油松间的玄武岩岩石之外，这里的天底下没有第二种颜色。置身其间，犹如身处绿井中。清凉逼你想起晚秋，你会自动打开行囊取出备寒的夹衣迅速披上，再也不愿脱下。

这里已是全宝山森林公园的中心地带。

由这里上行，山间小道便没入林中。但见古木、青苔、苍石、奇草、异花奔来眼底，时闻暗泉、禽鸣、林涛、枯枝落地之声，清幽成了唯一的氛围。而枯木横道、巨石碍路、危崖骇人，更具大自然专断之气。那散了架的采药人住过的窝棚、那野猪群横卧过的深坑、那一架半架白森森的动物遗骨，无不显示着原始的洪荒。这时，远离文明，走进自然，回归原始，就成为一种享受。

站在主峰南麓，举起望远镜从树隙中仰望，朝阳中的全宝山主峰及其周围的峰峦历历眼前。但见主峰高耸群峰之上，峰顶那始建于公元一四〇四年的祖师庙，头顶白云浮，身旁绿树摇，充满风云之气。拱卫着它的两座山峰，座座壁立千仞。头上古松参天，一似勇士怒发梳山风。峰壁缝棱纵横交错，犹如古代武士身上的铠甲。它们就像当年明惠帝朱允炆逃离皇宫来此修道，随身携带的四名卫士，显出几分威武与悲壮。这不禁使人敬意油然而生。

登上全宝山主峰，但觉天风猎猎，倦累皆消。眼前一视无碍。天似穹庐，笼盖四野。“召南旧地，韩国遗疆”，崤山、熊耳，平川烟村，缩微景观般齐聚眼前。披了绿装的道道群山，滚滚滔滔，以西南一东北走向往天边涌。似乎万千山浪林涛由这里发源。站立峰顶，伴着峰边千寻峭壁上的飞髯老松和那口清澈万年的圣泉，我觉得自己也变成了这山顶的一块立岩，加入这浪涛奔向无尽的历史……

植物园

全宝山是一个美丽的植物园。在这里，你可以见到许多珍奇的树木花草。

有关资料显示，全宝山有 1895 种树木，2000 多种药材。

在全宝山茂密的森林中，你可以见到青檀木、核桃楸、水曲柳、杜仲树等好多种稀有树木，使你感受到大自然的丰富。而我们常在田间、地头、宅旁见到的那些树木，到了全宝山却不敢贸然相认。它们变得高大粗壮起来。合抱粗细的树干上生着青苔，枝叶繁密，牵手攀肩，相互交叠，难以辨认。最有趣的要数巴山冷松了。它那十四五米高的伟岸身躯，傲立于西南主峰七十米处的千丈峭壁之上。它长着松树的干、松树的枝，却生着柏树的叶子，很是奇怪。巴山冷松树身微倾，虬枝下探，好似一位阅历沧桑的旷世老人向疲惫的游客伸出热情的邀约、援助之手，传递着全宝山主人的古道热肠。看到它你会禁不住加快了脚步，奔过去倚在它的身躯之上，借助相机，留下一段永远绿意葱茏的记忆。它是国家重点保护的树种，在洛宁境内仅此一棵。

全宝山还有许多奇花异草。金黄、霞紫、桃红、湖蓝的花朵，在蜜蜂的嘤嗡声中，开在崖畔、石缝、山涧、峰顶、山脚，或一片一片，或星星点点，填充着绿树碧草的空隙。有一种叫捅蜜草的，长着碧绿晶亮的茎，浑圆、茸茸的叶，头顶碗底大小一朵金黄的花。花朵四周像是谁用剪刀裁下五个三角形缺口，显得规整中又富有变化，非常好看。它是一种药材，断其茎，捅其管，则有“脂肪”涌出，采之，可入药，有通经活络之效。还有一种叫“蛇生草”的，其药效极奇特。若将它采下砸碎捣烂，涂于被毒蛇咬伤处，用不了一个时辰，便会痛止而肿消。但也有一些令人不愉快的草，“响马草”便是其一。它七八寸高，在苍绿色的草茎上和圆形叶片的背部长着密匝匝的白色绒毛，好似附着一层霜。但千万别让裸露的皮肤碰撞它。否则，你会感到比让马蜂蜇了还疼的痛。可你也用不着恼，生物用自我保护的手段来对付入侵者是无可非议的。

总之，这里的奇花异草、贵树名木会使你联想到身在植物园中的那种感觉。

桃花源

全宝山还是一个天人和谐、人人和谐的世中桃源。

据说，这里有动物1190种。獾、豹子、獐子、野猪、黄羊、黄腰狸、果子狸等野兽，都是四季巡山的“勇士”。见到它们，只要不去招惹，它们也就摇摇摆摆、安闲自在地走它们的路，不会对人构成威胁。给我们做义务导游的林场工人老简同志说，有一次，野猪擦着他的裤腿走过，也相安无事。见了豹子，你只要吆喝一声，它就猫窜而去。“现在山上的野虫是不会主动向人进攻的”，末了，老简补充说。在星光下，如果你伴着林涛泉吟，坐到林场大院的核桃树下那块大方石上吹笛品箫，獐子这家伙会偷偷溜到你的近旁，支棱起耳朵，做你忠实的“知音”，直到曲终乐尽。

红腹锦鸡，这已濒临灭绝的飞禽，也很有趣。它们又机灵又胆大，竟至于把林业普查人员放在地上的干粮袋子剥落，将里面的干粮鸡食一空。当饥肠辘辘的林业人员赶来时，它们又都“扑棱棱”振翅飞起，在人头顶盘旋飞舞，映得人眼前一片红云，似乎故意要染红人的眼睛。

最具诱惑力的要数蜜蜂。据说悬头寨南面的峭壁上有一圆形石孔，每到春日晴午，有幸的人会看到茶杯粗细的一股“蜂柱”从里面飞出，转瞬间便遮蔽天空。挖贝母的人曾见过蜂蜜从百丈高的石穴里淌下，似一道黄色的瀑布。他们用馍块蘸着蜂蜜吃。可惜我们无法攀缘到那个地方，无法领略到那种奇观，反而生出一股神秘诱发出来的焦躁在血液里燃烧。但我想，在现代科学技术面前，任何神秘的东西都会被掀起红盖头来的。总有一天，人类会把石穴里的蜂蜜全挖出来，供人类享用。

场部西面的西风沟里，有一石洞，仅容一人进出。人站在洞口，只听里面“呼呼呼”响声不断。不知是空穴来风，还是山腹瀑流，抑或是地狱烈火在燃烧；林场的负责人段生军说，下个月他打算组织人进去考察一番，看个究竟。“危险会有，但收获定很大。”我接着他的话说：“说不定里面又是一个桃花源呢！”

临走时，场里的工人、领导再三对我说：“回去后，多替咱全宝山宣传宣传！”我说：“不再怕外人知道了？”

“不足向外人道也，早就成老皇历了！”他们笑着说。

他们说话时的神态使我想起了峰顶的巴山冷松。

游历结束了，感觉却留在记忆中。

全宝山，一座古朴、自然、雄浑、富有而神秘的山！

注：该文原载于 2000 年 5 月 4 日《洛阳三师报》。

涉溪的回忆

幽深的山涧，乱石纷卧。雨后的山溪退归河床，浊浪变为清流，但依旧水势浩大，跌悬崖，穿石丛，溅起一河雪花，激响震耳涛声。我战战兢兢地踩着浸在水流中的列石，叔叔站在湍流中，一手拄着木棍，一手扶着我，镇定地说："不要慌，步要稳，瞅准列石再抬脚。过河跟办事一样，是在过人生的关口……"

这是30年前的一幕。30年来，它时常在眼前，在脑际，在梦中浮现。

那年我12岁，刚上小学六年级，叔叔28岁，在洛宁县新华书店工作。星期天，我和叔叔一道，腰系皮绳，手提斧子，上山打柴。当时，家乡不通汽车，煤运不进村，烧饭全靠我们上山采樵供应燃料。我和叔叔一道上山打柴是生活当中最自然的事。

自我记事起，叔叔就是我的生活保护人，从吃到穿，从学习用品到玩具，都是叔叔给买的。随着岁月的流逝，我上了小学上初中，叔父对我的照顾越来越多了。这一方面是因为我家人口逐渐多起来，生活更艰难；另一方面，是叔叔常对我说："你们要好好学习，力争上进。日子长着嘞，只要你们有本事，对国家有用，将来你上完初中、高中，再上大学，到那时，你吃穿用，我全包了……"叔父每说到这里，眼里常噙着泪花，悲壮异常。

叔父虽然只上到初一，没有读过文学史之类的理论书籍，但书店业务知识却使他知道许多书籍的价值。他就在傍黑无人时，捡了上百本的文学名著装在纸箱里，分几次用自行车带回家中，供我在空闲里阅读。就是叔父给我的这批书，奠定了我的文学基础，使我在以后上高中时语文成绩得以"出人头地"。

上高中时，叔父去城或返乡途中总要绕道学校看望我，或找老师恳谈："严格要求，多加栽培。"在老师的关照下，我写的诗歌、散文常常见于墙报，我写的独幕剧经老师改后被推荐到县文化馆，我也参加了"洛宁县业余文化创作会议"，在学校小有名气。高中毕业我回村里后，公社推荐我到村学校任教当民师。那个"帮派头”把持着权力不让去，我写的“入团申请书”也被接二连三地退回。这时，叔叔看我在学校时曾在宣传队活动过，就给我买来笛子、板胡等乐器，让我学器乐，引导我朝这方面发展。当他听说村里的那个“头头”因此说我“不务正业”时，就又介绍我到罗岭公社当了民办教师，使我逃出了村中那只魔掌的控制。后来，我被罗岭高中要去教语文，由于课上得不错，又爱好吹拉弹唱，和同志们处得融洽，很快入了团，当上了校团总支副书记。叔父听说后，高兴得不得了，又是给我买衣服，又是在家炒鸡蛋，像招待贵宾一样。1976 年 10 月，叔父去洛阳开会，听说我放了秋假，就打电话让我到城同他一起去洛阳。叔父一见面就说：“这一回，让你吃几天饱饭。我记得你从小就饭量大，整天哭着肚饥……”到洛阳，我第一次知道了公家人开会要吃宴席，第一次尝到了花样繁多的菜肴、美味，第一次游览了龙门、白马寺，第一次配了副近视眼镜……总之，我大开了眼界。在晚上看罢曾光兰演的《红嫂》戏回旅社的路上，叔父问我：“当公家人不错吧？”我由衷地说：“真好！”当我们走到市百货楼的时候，广播里播出“社论”，叔父说：“形势很快就要变了。你回去后，抓紧时间复习高中功课，说不定不久就会有大用场。”我忽然觉得叔父说得对——因为他说的话总是对的——但并未十分在意。

1977 年，高招制度由推荐改为考试，我报了名。我此时才想起叔父 1976 年在洛阳说的话。叔父，你用心是何等深远、良苦啊！我在繁重的工作之余加班复习，准备高考，但由于数学成绩太差，只考了个中文专业，并且不是大学专科，我感到愧对叔父的一片苦心。

但叔父听说后，还是十分高兴。亲自去县教育局取回录取通知书，托人送到罗岭高中，并捎给我 50 元钱，让我给同志们饯别用。上学前的办理户口转粮食关系、筹集学费、修钉书箱都是由他一个人操办的。上学走的那一天，他和他的同事用自行车驮着我的行李，送到车站，又帮着我找座位，绑行李，一切安排妥当，才下了车。车子开出好远了，我看见他仍站在站牌下向我招手致意，仿佛眼里噙着晶莹的泪水……

我在心里想，我有生以来是叔父用自己的整个生命支撑着我，使我涉过一道又一道人生旅程上湍急的涧流，登上绿草红花、春光明媚的彼岸，走进一个又一个美好的人生境界，我在心里说：叔父，你是我赖以生存的一棵绿色常在的大树，我在你的绿荫里学会了跳枝、振翅和歌唱，我现在要走了，要飞进蓝天去寻找属于自己的那一方天空去了，叔父，再见了！但我将永远铭记着你的关怀、教诲和恩情。

叔父是个俭朴的人。一双袜子,一条围巾,一套衣服总是补了再补,直到不能补,无法穿为止。他没有学历,不是干部,工资很低,每月只有45元,还要养活一个六口之家,但每次捎给我的钱,动辄就是几十上百,他要付出多大的艰辛呀!为了省钱,他几十年来每天只吃两顿饭,出差从来不住超过10元的房间。为了挣钱,他这个书店的职工,连搬运工的活都干了。吸烟到现在仍是五毛钱的"花城",他常对我说,不该花的钱,一分也不能花,该花的钱,任凭借钱,也要硬撑着,能少花的钱,就要一分一分地抠下来。我知道,在我干渴的时候洒来的甘露,正是他一点一滴从自己身上挤下来的血汗呀!

叔父还是一个勤快的人。乡邻、同事、朋友谁有了事他都会跑腿帮忙,所以,他几十年来一直是忙。因而养成了他走路快、办事利索的习惯,现在五十六七的人了,走路办事不减当年,他常说:"我不怕忙,一个人越忙,就越说明这个人有价值,活得有意思,越忙越要有热情和耐心。"现在,他担任上戈书店门市部主任,一年能完成两年的销售任务,被县书店评为模范职工。在他影响下,我也不敢偷懒,到师范工作的十年中,我进修了专科又攻本科,攻了本科又攻音乐,还继续发展文学,入了党,评了讲师,觉得活得也很有意思。

每当静下来的时候,叔父扶我涉涧溪的情景就浮现在眼前。当我静下来时,常常想天下所有的叔叔对他们的侄儿都能像我的叔叔对我这样,该多好啊!

注:该文原载于洛宁《县域经济》第五期。

暮　烟

无论走到何处，我总忘不了伫立故乡村头，欣赏薄暮时分田野上浮游的烟霭时那种甜恬的感受。

故乡的暮烟是一首小夜曲。伴着归巢的鸟鸣，和着归牧的铜铃与牛羊的舒叫，炊烟在碧绿的田野上，欢闹的小溪边，哨兵般的柏树间，织出一幅如云如雾如纱如绵的淡蓝，悠悠地静静地飘移，就像从提琴的慢弓中泻出的音流，汇成曼妙的乐章，淌着黄昏，流进暗夜。看着它，你会觉得妙不可言。

故乡的暮烟，也是一首歌。它不仅有“开轩面场圃，把酒话桑麻”般的恬淡娴静，更兼朦胧诗飘逸迷离的神韵。看着它，使人仿佛置身梦境。远远地看去，它自成一派；走去看时它却总在前方，偶尔回头，又会见它集在身后的远处。总之，你只可远观，不可近睹，只能和着想象去享受它展示给你的美，梦般的神游，却无法切实地身临。如果你有雅兴，你会觉得这恬静迷离的暮烟是诗的摇篮梦的披纱，使你产生许多奇思，心游物外，飘飘然，飘飘然矣。

故乡的暮烟还是一幅画。落霞晚照中，疏林中的农舍炊烟直上，越过屋顶树梢，在村外的旷野上汇集，在远山与村落间抹出一派淡蓝的浮云。一群又一群滚黄的牛、涌雪的羊，随着清脆的鞭响，在满是蹄窝的黄土路上敲出阵阵争先恐后杂乱纷沓的蹄声从暮烟中归来……深与浅、动与静，在织编一幅恬美的画图。

暮烟，是故乡的睡袍。暮烟出现了，乡村的夜就来了，夜里的梦就挨近了村落，乡村的宽广宁静与和平就开始了。

我很愿自己变成一抹暮烟，装点乡村的宁静与闲散，笼罩在故乡的梦境上，为它增加几分朦胧和迷离、幸福与安详。如是，则此生足矣。

注：该文原载于《洛阳日报》1996年6月18日第七版。

巧手无言画丹青

——记世界美联“当代杰出艺术家”廉京魁先生

近年来，洛宁县底张乡上高村廉京魁先生和他的画越来越为社会各界所关注。

1936 年，他出生在一个农民家庭。在家乡如诗如画的青山绿水熏陶下，他从上小学开始就迷上了绘画。出于喜爱，他从年画上、小说中剪下的山水、花鸟、人物等图画就有数十本，摞起来足有一尺多高。他用过的作业本，反面都被他用笔画满了各种内容的临摹。1955 年，中学毕业时，由于他学习成绩优秀，绘画技艺很有名气，学校就推荐他做了民办教师，从教四十多年来，他除了兢兢业业圆满完成教书育人任务外，有空儿他就练习绘画和写作。从 50 年代到 80 年代，他在报纸杂志上已发表了不少诗歌和通讯，而他的绘画技艺更有了长足的进步。他的许多国画在《河南日报》《洛阳日报》《豫苑》和《美术报》相继发表。他对艺术事业的孜孜不倦的追求精神和在作品中表现出来的思想品格，引起了河南著名画家史正学先生的注意，并得到史先生点石成金般的指点。至此，他才踏上了绘画艺术的漫漫人生路。他专攻山水画的艺术生涯才进入了一个上下求索的创新境界。

为了画出新景、新意、新风格，他进入了如痴知醉的状态。除了静观默察，师法自然之外，在每月只有 60 元工资却要养活五口之家、经济极端困难的情况下，节衣缩食，购买了不少理论书籍刻苦攻读，借前人的思想来丰富自己的智慧。另一方面，工作之余、农事之余，他把可能利用的空闲时间都用在了绘画上。在上山担柴的歇肩时，在婚丧嫁娶的宴桌上，在与他人的闲谈中，他或用笔，或用棒，或用筷子，在本上、地上、桌上画来画去，这成了他的一种下意识动作。而“每日一练”则是他必做的功课。总之，在他落过脚的地方，人们都不难发现他留下的画迹。画，伴随着他走过了四十多个春秋。他所走过的路，是一条铺满了画的路，一条和艺术携手并进的路。

磨穿铁砚三百六，翰墨染出山水香。四十年的不懈追求，京魁先生的画终于走出河南走向全国，走向世界。他的国画《鸡公树》，荣获“世界第五届美术大赛”金奖，其《白园青谷》荣获“97迎香港回归全国书画大赛”银奖，国画《山间飞瀑》入选韩国98世界美术大赛展，被韩国碑林园收藏。国外同道还将他的作品销往东南亚、意大利、瑞士和美国。“河南美术家协会”“国际美术家协会”“中韩艺术专家委员会”“中国书画家联谊会”吸收他为会员，世界美联授予他“当代杰出艺术家”称号，中国文联评他为“一级美术师”，大庆市大同书画研究会聘他为顾问，曹州青年书画院聘他为副院长。京魁先生拄着毅力这根拐杖终于走进了辉煌的艺术殿堂。

京魁的画以写实为主，多取材于自然山水。在他的笔下，山、石、水、木都充满生机，妙趣横生。他的画意境深远严谨，朴实凝重，稳健中透出险峻，具有奇、险、实、美的艺术风格，自成一家。其实，这也是他的故乡伏牛山打在他审美意识上的印记。

他的笔名是野风，而这个名字正如他的创作思想一样，具有一种名实、表里、物我合一的一致性。他作画，在力求形似的前提下，往往追求以画传神，以山咏志，画山，喻人。画家的心态、情趣、人品，同画面意境所透发的思想情调浑然一体，妙然天成。

京魁先生的绘画几乎纯粹是为艺术而艺术，很难发现有世俗的功利目的。他默默无闻地绘画，为绘画而绘画。有人掏钱来买，口碑不佳者不给；有人来要，附庸风雅者不与，那些要他掏钱出书出画出名的，一概谢绝。他就像山野的风，带着不驯服的倔强，挟着高山密林的野气任意东西，给人一种未被污染的清新。因此，名家欣赏他，俗人远离他。他就像深山里的飞瀑流泉，日夜不息地在大地岩石上作画，创造着奇观。酷爱山水者可以欣赏他的存在，经纶俗务的却无视他的形迹。因此，京魁先生在故乡成了一个“不出名的著名人物”。

巧手无言画丹青，正是京魁先生从艺生涯的真实写照。

鉴于京魁先生精湛的画艺和他淳朴儒雅的人格与他别具一格的画风，他的生平和作品被收入《当代中国著名书画家精品集》《世界传世名画书法鉴赏》《世界书画家大辞典》《世界书画家名录》等20余部画集或辞书中。

京魁先生绘画，就像草木吐华、作物结实，是一种功到自然成般的必然和自然。

巧手无言画丹青，因其无言的勤奋，才能成为丹青妙手。但愿京魁先生能画出更多更好的传世作品来。

张春贤学艺

洛宁县豫剧团演员张春贤是个家喻户晓、妇孺皆知的老艺人，他在豫西地区有成千上万执着的热情观众。他在《长坂坡》中饰演的赵云、在《吕布戏貂蝉》中饰演的吕布等人物，以他“战发缠枪”“扎靠翻跟头”的绝活，增添了人物英武、威猛的气概，成为豫剧表演艺术宝库中永远闪烁着奇异光彩的珍贵财富。

50岁以上的观众都不会忘记，上个世纪五六十年代，活跃在戏台上的张春贤三十余岁，正是雄姿英发的年纪。他扮演《长坂坡》中的赵云时，站在由方桌、盘椅、方凳叠加起来的高处，身扎银靠、手持银枪，纵身一跃，凌空连翻两个跟头飘落在前场，声息全无。接着在声遏流云的嘹亮唱腔中旋动手中长枪，似风舞梨花，天飞瑞雪，简直搅花了观众的双眼。每当此时，被这精湛的演艺震撼得心血翻腾的千万观众总报以山摇地动般的喝彩和雷鸣海啸般的掌声。更绝的是他的“战发缠枪”。当他饰演的武生手端长枪在上场门前一亮相，双手往前一送，那杆银枪便“唰”的一下飞出台口，在那枪将落未落之时，他紧跨几步，将战发闪电般地甩出，“嗖”的一下在那杆枪上连缠几匝，然后头一抬，那杆枪又“呼”的被带了回来，重又稳稳地落在了手中。每逢此时，台下观众自然又会把强烈的赞赏之情借助双掌爆发出来。说起张春贤，他那些热情的洛宁观众总是怀着骄傲和自豪。张春贤成了洛宁戏曲演艺精华的标志和洛宁非物质文化杰出成就的代表者之一。

张春贤却说，“好功夫都是拿命换来的”。

张春贤的童年是黑色的。父亲吸大烟，“烟葫芦”里填的都是全家的血泪和悲愁。有一次，张春贤的父亲烟瘾又发作了，寒风掷雪的黑夜他交给张春贤几吊钱，要他到街上铺子里去买四根烟棒子。回到家里，聪明的小春贤只拿出三根交给了父亲，留下一根给了妈妈，想留作父亲以后烟瘾发作时救急。但他父亲恼了，以为是小春贤克扣了他的烟钱拿去吃了香糖。盛怒之下，将他一把提起扔到了门外的雪地里，“啪”的一声关上了门。就是这次挨打，把春贤逼上了出外逃生的路，也是这次挨打,使张春贤在江湖上几经辗转之后,踏上了献身戏剧艺术之路。

张春贤为生存所迫,终于一脚踏进了“窝子班”。这是一个“干活没工钱,吃饭没饭钱”的带徒演出戏班子。

“窝子班”的师傅是非常严厉的。如果师傅规定的功课没学会,学徒们就会遭到罚站挨饿甚至挨打的厄运。在这里,张春贤是年龄最小的徒弟。由于他人小、体弱,气力不够,学翻跟头时常常落在师兄们的后面。每次翻不过去的时候,师傅就用擀面杖粗细的白蜡木棍子朝他的屁股猛打,疼得他直想哭。为了学会翻跟斗,小春贤下起了苦功。起五更,爬半夜,独自一人在旷野的麦田里,在排戏的土台上下起了苦功。翻跟头全凭腰子和小腹用劲,是个气力活。那一段时间,张春贤也许是太劳累了吧,尿的都是血水。张春贤永远忘不了那个令他终生心悸的夜晚。排练了一天的师傅和师兄们都睡下了,屋内没了灯光、响起此起彼伏的鼾声;屋外暗夜深深,抬头唯见薄云淡月。他来到土台上,脱下棉衣,活动了几下筋骨,练起了“徒手空中倒翻”。也是有了前番苦练的基础,他一连翻了十几个跟头都成功了。翻起时,他觉得体轻如燕、两耳生风,落地时似木叶人池、悄无声息。他为自己的成功而兴奋。他一直练到通身冒汗,感觉有些累时,才决定再翻一个就回去睡觉,谁知这最后一个跟头却差点儿要了他的命。他用尽力气,腾身而起,谁知落地时竟一头栽到了台下……不知过了多长时间,他在寒冷和头痛中醒来。一看,身上、地上全是雪,头枕着冰冷的石板,石板上一摊黏糊糊的东西。他用舌头舔舔,才知那竟是一摊血……

张春贤学会了翻跟头,师傅就让他演起了跟这功夫相关的行当。从演马童一直演到扎靠穿褵、舞刀弄枪的武生。张春贤演武生,从扮相到念唱做打都透出一种英气逼人、光彩焕发的威武气概,很受观众喜爱。1956 年,他所在的剧团在巩义县水库工地演出,班子里来了一个外地演员,有一手“战发缠枪”的绝活,并因此而胜出张春贤一筹。有一次散戏后,张春贤在饭馆吃饭,看到有两位食客在争论他同那位会“战发缠枪”的演员谁的戏好。那两人争得面红耳赤,最后相互推拉,眼看要老拳相向,发生殴斗。张春贤走过去拉住两人,说道:“你们不要争了!我张春贤也会玩那个的。”两个人见是张春贤亲自出面调解,就相视一笑握手言和,可张春贤从此就操起了心。

他先是拜那位演员为师,并以每月 45 元的工资作为供奉,孝敬老师。那时,剧团实行的是按演员的名望地位折股分红利的制度。张春贤每月可以有三份收入,虽然让出一份给老师,但他的生计仍不成问题。“老师”月月从张春贤名下领走45元,但对授艺一事却只字不提。每当张春贤问起,“老师”总是慢吞吞地说:“莫急,莫急,就教,就教!”这样今日推明日,明日推后日,半年过去了,一直不曾开讲。团内的一位老师傅知道了,就把春贤拉到无人处告诉他:“他不会教你的。他如果教会了你,他凭啥吃喝?你自己想办法吧!”老师傅一语点醒梦中人。于是每当自己没戏,张春贤就蹲在戏台一角,借大幕的掩护,偷看那位演员的表演。时间长了,他看出了窍门儿。他发现那位演员使用的战发比普通的战发长那么一截儿。恍然大悟的张春贤很快抽空坐车跑到了郑州。在郑州一家戏剧用品店里找到了所需要的那种战发,花了80块钱买了回来。到团里后,在演出空暇,他带上战发和长枪,独自一人在小河边、山沟里练习,夜深人静的月夜,他在打麦场、舞台上练习。未出一月,他也学会了这手绝活儿。一次,临演出时那位演员因病住院,团长急得团团转。“救场如救火”,张春贤主动请缨,要代替“老缠枪”出场。团长答应了他的请求。这一场,张春贤的“战发缠枪”玩得恰到好处,获得了观众长时间的鼓掌。事后,那位“老师”不无歉意地对张春贤说:“真是后浪推前浪,后生可畏呀!”一声长叹后,那位“老师”离开了这个剧团。

张春贤来洛宁,是被县委书记用麻袋装起来放在车上,从洛阳偷来的。到洛宁后,张春贤一干就是四十年。其间,他开门授徒,为洛宁的戏曲艺术培养出一大批文武兼备、唱打俱佳的优秀演员。他在洛宁已成家立业,生儿育女,完全融入了洛宁的乡土社会,成为一个为乡亲们赢得自豪和骄傲的洛宁人。

张春贤现已年届古稀,但身体健朗。闲暇时常坐在老城城隍庙大门口同街坊邻居们聊天畅叙。如果你想拜师求教,可以去那里找他。

谨以此文向为洛宁的非物质文化的创造和发展做出了杰出贡献的人们表示深深的敬意。

注:该文原载于《洛宁之窗》2005年第7期。

良师益友李笑白

我在上高中的时候写过一出独幕剧，后被李醒亚、吴兴民两位老师扩展成多幕剧，并因此出席了县里的“农村业余文化创作会议”。在这次会议上，我第一次听到了“李笑白”这个名字，并据此猜想这个人一定很幽默，一定是在有文化的家庭里长大的，一定很有学问。当时我没有去想象他人长得怎么样，只是把他的“笑”同“李白”联系起来，得出了上面的推断。紧接着，从任博文、颜孝宗等人喷香溅玉的嘴里知道了李笑白会剪纸，会用老公鸡彩色羽毛贴出一幅幅气韵生动的老虎图，许多作品出了国，而且隶书写得很好，是洛宁一绝。从这时起，“李笑白”这个人在我心目中就变得神秘、高大起来，成为我崇拜的对象。但崇拜归崇拜，我在底张他在上戈，中间隔着大河高山，13年里始终未能见到这位传奇式艺人。

13年后，我从赵村高中调入洛宁师范。第一次见到他是在教务科课间休息的时候。当他穿着一双崭新黑色布鞋的双脚刚一迈进门口，就有人叫着“李老师来了”起身让座。仔细看去，他已六十开外，剃了个光头，大有“一轮明月照九州”的光彩。穿一件灰色中山装，未系领扣，露出刚洗过的雪白衬衣，手里拎着一个沾着许多白色粉笔末的黑色方形提兜。他的面部表情很生动，微笑着，鼻子眉毛挤成一堆。低声问问同事，说这就是李笑白。

在以后相处的日子里，我发现了李笑白不仅多才多艺，而且还有以仁安人，奖掖后进，厚德载物的另一面。初识李笑白，我在他面前有些拘谨，一则因为他已六十开外，是一位长者；二则因为他是学校唯一的一位副教授，而我只是一个还没有任何职称的普通教师。也许他看出了这一点，一日闲聊起来，就用“文人立言”之类的话鼓励我多练习写作。一次，我写了一组散文诗请他“把把关”，他戴上老花镜，坐在沙发上认认真真地看了几遍，对我说：“我看写得很好，完全可以去发表。”听了他的话，我激动得脸上一阵阵发烧。他接着说：“你的功底很扎实，以后多写些！”从此之后，我们经常在一块交流切磋，从中我获益颇多。比如写碑文的格式、各种角色的称谓等，都是从他那里获知的。当时我就想，笑白同我非亲非故，他对我的关心之动机，除了一位忠厚长者以仁安人，奖掖后进，厚德载物的高尚的情怀之外还能是什么呢？自此，我开足了“马力”坚持业余写作，在他的帮助下也陆续发表了一些诗歌、散文之类的东西。当他得知我写的东西足够出一本书的时候，就鼓动我出书。我说没钱。他说没钱可以先出“鸡蛋书”，并解释说“鸡蛋书”就是用几个鸡蛋也可以买得起的书。但我始终没有做这方面的投资，使他好心的鼓励付之东流，每每想起来总觉对不起他。1999年，我从武汉大学科研进修结业回到学校，在谭杰同志影响下写了一篇古体赋和几首古体诗，语文组的同志们拿去发在校报上，我觉得只不过是玩玩而已，古体诗赋毕竟已是明日黄花，早已过了辉煌岁月，没有了什么搞头。可笑白先生见了后却大加赞赏，并在许多场合向朋友们做介绍。这大概是我公开示人的东西太少，没什么可供先生为我张目吧。

笑白先生最令我终生难忘的是他对自己作品高度负责、一丝不苟的敬业精神。我曾经向他求得一张条幅和一幅《黛玉葬花》剪纸，装裱后挂在我的卧室里。河南新华分社的几个朋友见了争着想要都被我婉言谢绝了。后来，他发现在装裱时黛玉搭在锄把上的汗巾条纹被弄断了一处，尽管被粘接的天衣无缝，他还是非常严肃地要收回，说：“这样的残品不能送人，我再给你剪一幅！”当时他已七十五岁高龄。我说，本来可卖几百元的东西，我分文未付，已占够了便宜，况且弄断了又不是你的责任，你年纪又这么大了，咋忍心再劳你大驾重新操劳？为了拒绝他的好意，我骗他说，明天去学时我给你捎过去，他这才松了劲。

笑白先生的教诲和鼓励，帮助和恩赐，成为我得以不断前进的动力。我从中师毕业攀升到高于本科的学历，从与文坛无缘的小教书匠到走进国家、省部级乃至国家学术核心期刊，并能到北京人民大会堂领回奖状和奖杯，应当说是应了“立身要极顶，交友须上品”这句老话。

良师益友李笑自使我获益多多。

值笑白先生八十寿诞之际，谨以此文祝仁师高寿！

注：该文原载于《走过》一书。

游青铜山“无底洞”

出洛宁县城西南三十五公里便到了底张乡上高村，而后沿斗折蛇行的山道向东南行七华里，便到了青铜山。这里小山丛集，群峰纷卧，山中各地绿茵铺毯，奇石凝趣。在春季，满山春草碧绿，四处山溪泛琴，百鸟林中争唱，群英随时芬芳，是个山清水幽休闲地，鸟语花香养性所，无怪乎唐代大明寺修建于此，佛家弟子真是慧眼识美的有道高僧，捷足占美的无欲和尚。

据说，唐代开国勋将尉迟敬德曾率部在此开洞采金，留下了一串串美丽动人的故事，就是这些故事打动了我的心，终于促成了这次元宵节过后的结伴同游青铜山之行。

青铜山固无泰山之雄、华山之险、黄山之奇，但仅是开在它小腹石壁上的那个山洞，就足以使人心旌摇曳、心驰神往了。我们此行的目的就是造访这个神秘奇妙的山洞。

在我的孩提时代，就听家乡的老人们说，青铜山因敬德采金而出名。敬德带来的军兵从青铜山沿小道排开，将洞中采出的矿石从兵卒们手中流水般地传递到上高村村北的一条小山沟里去提炼，据说是该处水好。由于在该处建了好多炼金炉，故使此沟得名“炉子沟”。究竟敬德在这里开了多少黄金，不得而知。人们只听说在采金的某天晚上，矿工们梦见有一身着黄金甲的老者对他们说：“要想得金，穿裆而过，如若不然，看鹿的命在，挖金的命亡。”第二天早上起来，人们争相诉说自己夜来奇梦，竟是一模一样，不免大骇。他们有心不挖，但将军督阵，王命难违，岂敢懈怠？只好生死由命罢了。约莫中午时分，在这个平洞的底部出现了一条“裤腿线”，亦即人字形矿线。颗粒金在岩石上星星般地闪闪放光。矿工不管三七二十一，抡起锤钻就敲打起来，岩石飞溅，黄雨骤落，人们喜不自胜，欢呼雀跃。恰在这时，洞外有人高喊：“快出来看哪，梅花鹿抵头嘞——”大家先是一惊，继而便有那爱看热闹的人跑出洞去。而洞中的人却因迷恋那耀眼的黄金而不肯出来，也就因了这一念之差，看鹿的矿工饱了眼福又保住性命，挖金的却因突如其来的塌方而葬身山腹。也许因了这个传说，许多后人把洞中采金视为畏途，望而却步。不肯拿自己的生命去探看究竟。再后来，就演绎成更多的传说。有的说，敬德采金的洞中蟒蛇成堆，夏天呵气成冰，里面冷得能冻死人。有的说，洞中的蟒蛇盘踞在一个叫“金印潭”的水池旁，虽然有金印在潭中光芒四晃，却是万万捞不得的。在村里上小学的时候我曾亲见一些地质勘探队员背着黄挎包，头戴安了矿灯的安全帽，着一身劳动服从村中出发到洞中勘查，来来去去，也并未发现他们有什么危险。当时虽不知他们勘查的结果如何，但洞中阴森恐怖的传说从此便在我心中开始淡化。即便如此，终因再无别的人去探险，自己也不敢贸然前往的。后来上了高中，学了一些古文，知道了“险处景愈奇”的道理，心中便产生了一种向往与胆怯相交混的复杂心理，时常滋生一些莫名的烦恼出来，自我折磨。

直到九零年的冬季，青铜山开矿的热浪波及四方，隆隆的开山炮响雷似的敲击着山区的日夜，终于也轰开了我们几个工薪族的猎奇的心扉。我们一行三人，也头戴安全帽，顶着矿灯，带着猎枪，穿着劳动服，登上旅游鞋，怀着易水悲歌般的豪壮，先乘车到上高村，再步行上山，一路上踏着冰雪和笑语，顺着弯弯的山道，终于站在了敬德洞前。

到了跟前，方知这个开在高大石壁上的叫作“敬德洞”的古矿洞，其实是叫“敬德镇洞”，高约 1.6 米，阔可并行两人。看那刻在洞顶石壁上的四个字，潇洒稳健，斗来大小，赫然在目，于传说迥异。这是无知编造了传说，还是传说传歪了历史，我们无暇推敲，一闪身就窜进洞去。洞内路面平坦，是常见的沙石地，有几处近人野炊留下的残灶和灰烬，可能是山上进来开矿的农民所留。

进洞不到五丈，便觉热气扑面，眼前逐渐暗了下来，一股热烘烘的腐土气息钻入鼻孔，攻进心肺。晃灯四照，石壁森森，苔藓苍苍，恍然是“在历史的隧道里蜗行摸索”。成群的蝙蝠贴壁挂顶，织成一片片黑色的云锦，可能是它们感到了某种危险的缘故吧，吱吱叫着煽动黑翅，显出一副惊恐的样子。低头看路，前面是一片横七竖八的乱石，滚滚挡道，就像死尸枕藉的远古矿工。走起路来，从一个个乱石绿茸茸的脑袋上踩过，歪歪扭扭像跳霹雳舞。为了防止意外，我们鱼贯而行。走在前边的，端着猎枪，上了顶膛火，枪机大张，随时准备射击。突然，前方传来“呼呼”的声响，似远方的瀑布如静夜的林涛，像烈火的呼叫，犹群虎的吼吟，令人毛发倒竖。“这是啥响声？”有人问。“管它呢，只要不是狼和豹子！”

越往里走地方越空阔，有置身旷野之感。那“呼呼”的响声越发大了，冷风扑面而来，围巾被吹得翩翩起舞。

风从哪里来？

我们不约而同地停住了脚步，举灯四照。这一照，真叫人大吃一惊：我们竟来到了一个宽广的“大厅”！它有二亩来大，两边的右壁上又开有许多小洞。大的可通吉普车，小的仅容一人爬进爬出。头顶上是一片虚空，3.8V的矿灯照上去看不到顶部。风就是从顶部灌下，在这“大厅”里回旋激荡，发出声响，形成呼呼的瀑涛烈火之声的。我们不禁大为惊叹，先人开凿如此巨大的矿洞，那么多的沙石泥土都哪里去了？是运出去了吗？在刀耕火种的古代，那该是何等的艰辛呀！“真不简单！”

谁知，我们赞叹得太早了。

当我们走到“大厅”的底部，迎接我们的是并列的两个小洞，各有1.5米高。为了安全我们决定一块走，随便拣一个进去瞧瞧。我们拣右边的小洞进去，路呈下斜状，走不到五六丈，觉得热气扑人，浑身要冒汗，我把围巾取下来塞进挎包，又解开衣扣。在灯光的照射下，但见该洞有一百来平方米，地面平坦，左边贴壁处仅有一小堆沙石，我们对面的洞壁上又是并排两个洞口。我们愕然了，不知这样的洞究竟有多少，它们通向何处，里面情况怎么样……历史的遗迹再一次为我们出了一个难解的谜。我忽然悟到，历史本身其实就如这矿洞，随便拣一个进去，依然是洞中有洞，就是到死，也走不出去的。“管它呢，还拣右边的进吧！”领头的说了一声就率先走了进去。

大约走了十来丈吧，里面又开阔起来，但仍不见多少石头。里面是一道屏风样的石壁，高不见顶。右侧与洞壁间有一狭道，走进狭道，大家抬头往石壁的侧面一看，石壁上有一石缝，顶多一尺宽，直贯上下，凑近了看，这一石缝极深，至少有三丈，两侧有明显的打凿痕迹。我们推猜，这可能是条品位极高的矿线，金子被古人采去了。但这么窄这么深这么长的立缝，又是如何打凿的呢？要知道，一尺宽是容不下人的呀！那时如果没有当今的钻机是打不出这石缝来的，但这分明是古时打凿出来的！

唉，历史就是谜呀，我在心里如是感叹。

“听，水声！”同伴喊了一声。

屏气谛听，真的有溅溅的水声隐隐传来，但水在何方，谁也不知道，这时，有一个同伴不想往里走了，说："你们看，现在已是下午三点了，就是说我们进洞已两个多小时；再不走，回家可要走夜路了。再说，这洞活脱脱是'陷空山无底洞'，走不到底的！"他竟给这个洞子起了个名字，尽管我有些游兴未尽，但为了友情，也只好忍痛割"兴"了。

走出洞来，暮色四合，山雾蒙蒙群峰隐隐，唯有片片积雪青冰泛着白光。走了不远，碰到一位赶着牲口驮矿石的山民。当他听说我们到古洞中探险去了，笑了两声，说："地质队曾让我带他们走过。早上八点进洞，下午五点出来，时间够长了吧？可他们也没走到底，是让一条河给拦住了。那条河很深，推一个脸盆大的石头进去，咕嘟老半天落不到底呢。还有，那天天气很好，从洞顶射下一束阳光，像手电灯的光柱，照进水里，很亮。他们后来到外边找了半天也没找到那个口。"

听说地质队来也未能走到底，我心中的遗憾又增加几分。偏巧他又问我们："地质队是勘查的，你们去为了啥？"

无人作答。只有牲口的系铃叮当，只有脚步的沙沙和山风的啸叫。憋了半天，我说："为了猎奇、探险、览胜，为了认识自身和历史！"

现在，听说青铜山下办了一个万亩杏林场，我想，如果以林场为依托，将"无底洞"开发成一个观光景点，再将大明寺修复，岂不是一个活脱脱的旅游胜地吗？

历史在等待证明、开发和修复。

注：该文原载于1990年洛宁县《县域经济》第3期。

小木筷与大水灾

今年，长江、松花江、嫩江的滔滔洪水使举国上下形成了一个共识："树，一棵也不能再砍了！"如果真能实现这句诺言，民族遏制洪水、根治洪灾的历史新纪元就要到来了。

然而，令人遗憾的是，一种肢解森林的现象却仍然披着"文明卫生"的外衣，像一个披着"龙袍"的无赖在四处招摇。

君不见，在都市、小镇的楼堂馆所和饭铺酒店中，一次性木质"卫生筷"依旧高踞案席，摆出一副文明使者的高雅，显示一派"合法存在"的大度，卖弄着夹美食进口、舍我其谁的慷慨，对此有谁去置过一句微词呢？

想想今年滔滔洪水冲毁田园、吞没村庄的凶煞恶气，我们不能不对一次性木质"卫生筷"的"文明"和"合法存在"产生疑问。

今年的洪水之所以泛滥成灾，自然主要跟今年雨量大、雨季长、雨面宽有关。但是，难道跟我们乱砍滥伐有限的森林资源，自毁蓄水防洪的"同盟军"无关吗？

单就一次性木质"卫生筷"来说，全国每天至少有 3 亿人在用、在扔这种筷子。如果一个人每天使用 3 双这样的筷子，并按 3 立方厘米木材计算，3 亿人每天就要消耗 900 立方米木材，一个月就是 2.7 万立方米，一年就是 32.4 万立方米！10 年就是 324 万立方米！

据科学实验，一棵 25 年生天然树木，每小时可吸收 150 毫米降水。一片 10 万亩面积的森林，相当于一个蓄水量 200 万立方米的水库。而我们国家 10 年内消耗掉的一次性卫生筷子就等于毁掉一个蓄水量 700 万立方米的水库。如果年复一年地照此使用下去，用不了多久，那可真的只剩下我们用血肉去对付洪水了！

再说，这一次性木质"卫生筷"，用罢就扔，扔了就成了垃圾。君不见，环卫工人每天面对如山的"卫生筷"发愁吗？而日本人为保护自己的生态环境和森林资源，在禁绝生产和使用这种一次性"卫生筷"之后，就把生产这种筷子的机器卖给了开始大讲“文明卫生”的中国人，然后，又廉价回收中国人生产和使用过的“卫生筷”，运回本国做了造纸的主要原料。这就等于中国人砍伐森林廉价供应日本造纸。这难道不是一个很令人沉思的问题吗？

其三，从“卫生筷”的生产来看，从采伐、运输、肢解木材到做成“卫生筷”登堂入室，摆上餐桌，要经过多少人的手？真正消毒生产、消毒运输、消毒保管，达到卫生标准的“卫生筷”又有几双呢？

为了保护我们有限的森林资源，为了保护我们的可以蓄水防洪的“同盟军”，也为了利用我们有限的资源发展本国经济和真正提高我们的文明卫生水平，难道我们还不该大喝一声：“树，一棵也不能再砍了！”难道我们还不该理直气壮地说：一次性木质“卫生筷”，可以休矣！

注：该文原载于1998年10月《洛阳三师报》。

寻求生命的支点

我的家园失火了！房屋、树木、花草、篱落在焚燃，浓烟滚滚，火光闪闪。而我却躺在烟雾弥漫的木床上毫无知觉。床已起火，火舌舔着了被褥，被褥冒烟了，而我依旧僵挺着一动也不动！

我死了。

我为自己的死而惶恐、焦急，还有几分揪心的悲哀。

这是一场梦。午夜梦回，大汗淋漓，心脏还有几分疼痛。梦是思虑的结果，梦是精神的写照。仔细想想确实如此。

梦中的家园其实就是我的精神家园，梦中的大火其实就是精神的大火。梦是虚幻的，但精神家园失火却是实情。

随着20世纪90年代现代化步伐的加快，我的生活境遇也发生了巨大变化。政治意识形态退潮了，另一种更为普遍化和社会化的商业意识形态以从未见过的凶猛势头狂扑而来。原先的集体主义、理想主义、责任感、使命感构建起来的精神家园，随着住宅周围邻里街坊房舍的日渐增高，随着彩电、空调、电脑、传真机、摩托、汽车这些由洋鬼子传入进来的生活玩意被他人所拥有，随着往日那种以为高雅的“半壶酒，一张琴，三尺剑，百卷书”的生活方式的落伍，它的篱落、花草、树木、房屋便被由外面射进来的一支支火箭所击中，燃烧起来，浓烟滚滚，火光闪闪，在“立等可取”的时间里便轰毁了。而后，“百姓上网，教授下岗”的预言成为现实，“计划”这把多年来撑在头顶的伞飞碟样地飘逝，把我暴露在白花花的阳光下，一片茫然。这更加速了我逃离精神家园的速度。我就像从被砸坏了的笼子里飞出的金丝鸟，结束了“饿不死也撑不着”的“计划”保护，不知该往何处去。哪里是我的落足地？哪里是我的栖息之所？生命支点应该放在什么地方？我苦苦思索。站在焚毁的精神家园的门口，望着那一片灰烬和废墟，我知道，我已被社会边缘化了。我在精神上成了一个没有身份证的人，成了一个既不知该向何处乞讨，也不知该用什么方式去乞讨的劣等乞丐。

一个偶然的机会，我碰到了我的一个大学教师——精神世界的播火者。他是国内外知名的社会学家。他告诉我，现代化就是一个发展过程，发展就意味着新事物的产生和旧事物的死亡。每一个人都要面对自己必须“死亡”的东西，这是代价。你为现代化付出了什么代价？我凄然道：我丧失了精神家园，丢失了生命的支点。他告诉我，家园是可以重建的。但“重建”的这个人必须具有自主、独立思考和创造的能力，你有吗？

是啊，我失去了保护，但我却获得了自由。我应具有与动物的根本区别，即独立思考和创造能力。但思考要以知识为基础，创造需要精力和智慧的积累。可我感觉到疲倦和劳累的压迫，我知道这是自己根底浅的缘故。回顾历史，“根底浅”的归因是容易的。“文革”十年，正是中学时代，而课本就没见到几本。所学的知识是在“停课闹革命”的缝隙里从家藏的一些小说、话本中得来的。1977 年考上中文专业，学习生活是在劫后余波中度过的，许多禁区并未打破，思想冰河尚未解冻，存在方式是一枚“革命螺丝钉”，精神意识极少个人特色，知识的选择也被“供给制”覆盖着，没有独立人格，更缺独立思考能力，从来没有想过要改变自己，尤其是改变当时那畸形的社会灌注于大脑中的意识和观念。20 世纪 80 年代思想大解放，有了改变昔日意识观念的机会，但“而立”之年已过，“不惑”之龄递增，一切都成定局。抛弃昔日的旧我，似有舍弃老屋之感，常怀不忍和怜惜之情。也感到过精神贫困阴影的压迫，却仍然甩不掉对虚幻的旧我的自恋情结，同时，也害怕失落带来的折磨。以至于在 20 世纪 90 年代的今天被挤到社会边缘的时候，“不变也得变”，无奈中变成了一个精神乞丐。

“依你目前的状态，最好来一次精神的冬眠——到大学进修去，充电去！在那里你将有可能得到能量的补充，有可能完成精神家园的重建和新我的塑造。”老师再一次点化。我醒悟了，我兴奋，我马上付诸行动。

“但，一个四十出头的人有家有口、有事有业，却要去进修，去经历青灯黄卷般的寂寞生涯，有必要吗？”这一类的问题首先被朋友们提了出来。当时我羞于解说，以支吾作为答复。

到了武汉大学法学院社会学研究所，在导师的指点下，我仿佛饿牛进入水草丰茂的荒原，连茎带叶地狼吞虎咽起来。无论是泰勒的社群主义、边沁的新自由主义，还是沃尔夫冈·查普夫的社会变迁理论；无论是李天命的语理分析，还是约翰·奈斯比特先生与冯久玲女士对亚洲新路的指点，我都一味地往肚里吞。为的是在意义世界里重建一个属于自己的精神家园。在哲人们的智慧之灯照耀下，我开始了对生命支点的探求。我知道在一片虚空中建立自己的生命支点，对个人是一个生死攸关的问题，而这个问题必须由个人来回答，来解决。

在如今红尘滚滚的社会中，文化人为了生存和发展，不能不适当调整自己的行为方式，以适应市场化社会的规范。其实这是一个重新选择的过程，而选择是需要付出代价的。这个“代价”我已被迫付出了。我从读书和思考的愉悦中悟到：失去是一种必然，是早晚的事。惋惜无用、痛苦无用，自怜那些早该失去的影幻更无用。失去得越早自己的解放就越早。精神家园的焚毁，原有生命支点的失去，在现代化这个社会变迁的过程中，是一件值得庆幸的事。

张三夕博士说过：“市场这只神奇的看不见的手，它既能点石成金，带给文化人以可观的财富和世俗的幸福，又能使文化人彻底脱胎换骨，彻底物化和异化。”随着知识经济的到来，对于市场的造富造福功能我不怀疑。对于市场对文化人的“再造功能”，我不大理解。他接着说：“金钱和利润很容易使文化人有意无意间鄙薄和抛弃过去所坚持的人类社会的普遍性的价值准则和理想，视学问如粪土。”他还举例说他的熟人中不乏这种事例。但我认为，人如果赚取了全世界的金银财宝，却丧失了他的灵魂，成了物欲的奴才，那又有什么意义？此条道路，我决不走！我不愿成为被钱财所左右的没了灵魂的奴才。

许纪霖博士给当代文化人描绘了另一幅生活图景：“在现代世俗社会中，知识分子可以扮演两种角色：一种是学者，那是处于社会边缘的注定寂寞的位置，同时还有相对的物质贫乏；另外一种是观察者，那是站在知识/文化的立场上，对社会发生的种种现象做出独立的观察和评论，以积极的姿态介入和参与到当代文化的进程之中。”他的话正好说到了我心上。我愿意一身兼二任。

“寂寞”的边缘位置我不怕。在古代文化中不是还有逸的人格典范庄子吗？他能把回归自然、返璞归真、达到无我无物的世界当作终极目标，在对自然的审美过程中超然飘逸地度过一生，我为什么就不能在现实的寂寞与隔离的世界，在静心求知并享受求知的愉悦中走完人生的里程呢？须知，求知过程中的领悟、体验“是根本不能用金钱、权力或生理快感来衡量的精神体验”，是一种“高峰体验”，“是上帝赐给知识分子的公正补偿”。既然幸福是一种体验，既然世界的财富是由物质财富和精神财富共同组成的，那么对精神财富的拥有不也就是一种幸福吗？

更何况我还有第二种选择，就是自由地运用语言以一种积极介入的文化方式对大家关心的问题发出自己的良知的声音！这正是“狂”的精神。概而言之，这是以“逸”的精神去做学问，以“狂”的精神回报社会。

在我选定生命支点和描绘精神新家园蓝图的时候，我知道，独立思考对我具有十分重要的意义。它不仅是自己寻找食物的保证，还是避免自己成为食物的利器，也是重建精神家园，楔生命于支点的利器。同时，我还知道，独立思考是自主的前提，是“人生最终的价值”。李天命的话则更能道出我看重独立思考的原因：“正确的思维方法就像荒野里的一盏风灯。提着自己的风灯，照亮未知的旅途，这就叫独立思考。”我自己之所以在20世纪90年代被挤到社会边缘地带才被迫逃出原来的精神家园，缺的正是独立思考能力；对外力植入大脑的精神、意识、观念无力抗拒，更无力驱除，以至于变成了一个被异化的异教徒，这也是缺乏独立思考能力的结果。至此，我可以欣慰地告诉我的那些不理解我进修意图的朋友们：

我已在哲人的帮助下从精神冬眠中醒来，我已经超越了先前的自己。我已不再为精神家园的曾经焚毁、生命支点的一度失落而感到沉重或茫然，我自由了。但我对自由的理解是，在不妨害他人和社会的前提下充分享有自己的权利。同时，我还想告诉你们：自由从来不给声色犬马和随心所欲提供支持性论据。

我已自由地选择了我自己的生存方式，正像你们自由地选择了你们的生存方式一样。

1999年1月18日于枫园

春雨秋风皆有情

许多自然景物同社会情景有着极其相似的地方。如烟的春雨湿润着禾木拔节吐翠，绽放片片嫩绿和鹅黄；凉爽的秋风抹过平野山林，稻香果红就成为一种挡不住的宣示。春雨秋风皆有情。一位好老师，无论他播撒的是春雨还是劲鼓秋风，都蕴涵着希冀成熟的生命拥有流光溢彩的美好感情和善良理想。在我的印象里，国内知名学者、武汉大学法学院副院长、社会学研究所所长、教授，周运清先生就是这样的人。

初识周先生是在 1987 年的洛阳。他是作为一个儒雅、博识、平和、亲切的长者形象被我情感和理智的"数码照相"储存于记忆系统的。记得他上课，总是把书本和文稿搽放于讲桌之上，仅凭手中的粉笔和喷珠溅玉的语言流泻，就给我们描绘出既纷繁复杂又系统清晰、运行有序的社会画面，把我们带入生机勃勃、天高地阔的社会学研究领域。每当一节课结束时，他正好把内容提要写满一黑板。这方便了我们记笔记。我出于好奇，又因学过一段速记学，几乎把他的讲授内容全记了下来。他研究社会学，搞社会调查和考察，几乎跑遍了全国的各类社区，又到过国外许多地方，见多识广，例子信手拈来，用得恰到好处，分析似抽丝剥笋，层层深入，听来生动丰富，很吸引人，使人有一种如沐春风的感觉。下课后，同学们争着给他递茶倒水，喜欢围在他的身旁一起聊天。我不善交际，每逢此时，就静静地站在可以看到他的面孔的地方感受这其乐融融的气氛，欣赏他眉眼间透露的丰富表情，谛听他诙谐但不失儒雅的谈吐。后来，他教的课我考了 95 分。我不知他是否对我有印象，但十几年里心中总萦绕着一个念头：到武汉大学跟着他学几年该多好！理智告诉我，这恐怕只能是一个梦想。那时，我曾暗打主意，先生走时，我一定送他上火车，不料想，他是夜里零点走的，等我一觉醒来去看他，早已人去屋空，我直骂自己睡得太死。随后，我们通过几次信，那内容大概都是我的请教和他的解难。十年中我们从未见过面。

1998年,我突发奇想,想去进修研究生课程。一个晚上11时左右,我给他拨了一个电话,谁知他竟也未休息,我们就在电话里聊了起来。他听了我的想法后,问了问我的职称学历和发表作品等情况,就一口答应下来,说可以按科研进修访问学者的身份接收我去他的研究所进修。末了,他要我寄一些我最近的作品给他看看。我猜想这是要送去给那个"高等教育师资培训中心"的领导们看的,就很快寄了些过去。

很快我便接到了他寄来的通知书,以"昨离河洛地,今到江汉游"的速度到了那所依洛珈山,面东湖水,环境典雅幽静的高等学府。第一次上他家,先生起立、让座、倒茶、递烟,忙得不亦乐乎;中午又强留我在他家吃饭,夹菜、倒酒热情之极。我简直成了他的贵宾,而非一个普通的学生。下午,他又坚持带我去办了入学的各种手续。帮我提凳、搬箱、楼上楼下跑了好几趟,累得他满头是汗,气喘吁吁。待一切安排停当,他掏出小本子记下我住室的电话号码,坐在我的床边,望着窗外那满山葱郁的松林说:"来一趟不容易,你要珍惜这段时间,除听课外,要多往书店、图书馆、资料室跑,但不要乱买书,要多看些书,不要急于写东西。"又坐了会儿,他起身下楼。我送他到楼梯口,他拦住我说:"不必下去了,要那么多俗套干什么!"

多亏有他帮忙,否则,我办理各种手续要想顺利找到人可真不容易,不知要跑多少冤枉路。武汉大学占地200余公顷,地方很大,我新来乍到,人地两生,要在短短的一个多小时里办成这许多事情可不是一件轻松的事。看看先生的为人,想想我当年在洛阳的表现,真羞得无地自容。

从我住的枫园到先生的寓所,少说也有四里之遥。有一天下着小雨,我去商店买东西,在这条路上碰到他。他严肃地对我说:"我正要找你。今后,不要写那些杂七杂八的东西,不要图虚名,要专心扎实地做学问!"我告诉他,最近发在《武汉晚报》上的那篇杂文得了50元钱呢。他嘴张了张,最终还是没再说什么。我知道他的用意,是怕我一心二用误了学业,又生怕伤了我的自尊心,就"点到为止"了。我从此也就一心搞学问,没有再去玩文学。

转眼到了第二学期。在他赴香港讲学前夕,他打电话要我到他那里去。见面后,他对我说:"我走后,你可多听听周长城、向德平老师的课。有事可打电话到香港。我回来会主动找你。"随后给我拟定了课题,要我安心去做,又说"你可以多找几个题做做"。最后嘱咐道"来一趟不容易,一定要下功夫!"我点了点头。

当我第四篇文章刚写完,我接到他的电话,说他从香港回来了,我兴冲冲地抓起所有文稿急走过去。

他很快看完了文稿，抽出其中两篇，说："这两篇较有分量，先改改，改好，改到你认为一个字，一个标点都不能再改了再拿给我看。"按照他的要求，我用三天时间仔细修改了文章，又送给他看。这一回他可不客气了，拿起笔来在我的文稿上画来画去，不是画曲线，就是打问号，羞得我面皮一阵阵发烧。他的笔画一下，我的心就一阵哆嗦。待他停下笔来不画了，我看到了他的闪射着微寒的目光。尽管时序仍在暑天，我却感到九月早晨穿背心开门时的那种清凉。"做学问同做人一样，要踏实，要实在。一个字、一个词、一个标点符号，用在那里，你要敢拍着胸脯对天下人说，'我敢负责'！这样才行！现在你敢不敢?"面对先生那似能洞照肺腑的目光，我低下了头。"你来一趟多难！一定要通过这段时间的修炼，为你终生打下基础。"随后他又以舒缓的语气说："所以要对你这么严，是咱们有十来年的交情，我想你是可以理解的。"听到这里，我心血翻腾，眼里觉得湿湿的。

文章的初稿打印出来了，我又拿去让他看。看后他说，学术这东西来不得虚假，虚假的东西拿出去就害己害人。文中哪些观点是自己的，哪些是别人的，一定要清楚，让人一看就明白。我知道他指的是引文注得不够明白、规范。我又拿去改。文章定稿后，他看罢笑了。我发现那笑是掩饰不住的那种由衷的笑，但很快就从他脸上消失了，就像闪电掠过长空那样。"这两篇文章是前沿性的东西，都有可能发表，你寄出去吧。"我像获得大赦一样高兴。

7 月，我顶着暴烈的日光去向他辞行，他对我说："你今后就从'贫困农村社区'和'教育改革'这两方面去从事社会变迁的研究，不要乱改方向，乱改方向不占便宜。"最后，他盯着我的脸问"下学年你还来吗?"一种留恋，几分迫切从他的眼神中辐射出来。当我告诉他经济上有困难时，他沉默了好久……

告别周老师回到工作单位一年来，我在教着四个班的语知、文选与写作课之余，先后在省内外发表了几篇文章，并获得三个奖项。尽管这根本算不了什么，但饮水思源，这是先生栽培的结果。我想借此向所有教过我的老师表明，我没有偷懒，我在不断地努力探索着。

回想起来，周先生待我有时似含烟春雨，有时又像 8 月秋风。春雨给我以拔节的条件和勇气，秋风拂去了浮躁，使我神朗气清。春雨给了我成长的资助，秋风给了我播芬扬芳的喜悦。对于进取的生命来说，春雨秋风皆有情。

我庆幸自己在而立之年遇上了周运清先生——一位好老师，好向导。

改不掉的习惯

自母亲去世，思念的情绪就缠绕着我的神经。每当别人母子呼叫应答时，我都要立定求生的脚步，看上几眼，无论我是去上班，还是去抓药。是羡慕人家母子那份亲情将我生活时光隔断。

有次回家，我急于寻找磨斧的砺石，就脱口对正在替我踪寻的妹妹说："问咱妈，看她放哪了。"话一出口，我和妹妹都哭了。因为我们都知道妈妈永远也不可能再替我们找东西了。

每次离家乘车，我都要在上车的刹那回首望一下，说一声"妈，你回吧！"而在每一次的回顾中，母亲总是伫立在站牌下，望着我，用右手扰一下她那在风中被吹乱的白发，随即低低地"嗯"一声。车子开出老远了，我还看见母亲依然站立在那里，就像一座雕像。母亲每次在那站牌下究竟站了多长时间，是什么时候离去的，过去我一直忽略了这个问题，因而成为今天无法破解的难题。如今，我出门乘车，习惯使我又重复习惯。在母亲刚刚去世的那几个月里，有几次上车后，细心的女乘务员瞪着美丽的大眼睛，惊奇地问："上车时身后明明没人，可你为啥还要扭头说'妈，你回吧'这是咋回事？"我被她问得两眼潮湿，心里好一阵难过。

有几次午夜梦回，是因为我听到窗外有母亲喊我的声音后。

有几次回乡瞻仰母亲坟墓，是因为头天梦里梦见母亲拄着拐杖，喃喃地向我索要称盐买油钱。

有一次下乡采访，我替一位白发、灰衣的老妈妈背了二里地的猪草。送她到家离别时，老妈妈说："孩子，你为啥要替我背草？咱们……"我告诉她说："因为你很像我那已去世的母亲。"

母亲的去世，使我感到身边撤去了一道屏障，使我感到寒冷天天更冷，衣更单。

母亲去世了，永远也不能再相见，不能再听我叫一声"妈"，不能再听一声我的呼喊。这是理性的认知。然而,在一些特定的场合特定的时间,我仍改不掉叫“妈”的习惯。我想这就是思念母亲的情绪。

1999 年 4 月 5 日于三师寓所

且慢"全盘西化"

"全盘西化"这个口号似乎在中国大地上很吆喝了几天,当时许多人都弄不清那起劲叫卖者的良苦用心,大抵总错误地以为无非是文人间的斗口而已。

1993年,身兼哈佛大学什么"研究所长"和美国政府、军事、外交顾问的塞缪尔·亨廷顿便哼出了一曲"文明冲突论"。不分青红皂白地把信奉儒学的国家和伊斯兰教国家圈入西方国家的对头和威胁范围,并据此慌慌张张地为美国筹划战略,要"遏制""中国的威胁"。这叫"西方中心主义"。

无独有偶,亚洲也有人气急败坏地叫嚷警惕"中国威胁",那用意自然也是要"遏制"中国。

几乎与此同时,美国的一些学者却在为西方现代化唱挽歌。西方社会中人情冷漠,世风日下,凶杀、绑架、抢劫、赌博、吸毒、卖淫、嫖娼、性犯罪、艾滋病等丑恶现象的泛滥拨响了一些有识之士心中的哀音,"现代化的失败"便说出了他们的心声。

可就在这时。我们国内却有人——尽管人数不多——又开始在一些场合大叫"我就是主张'全盘西化'!"这些人完全忘记了我们改革开放的目的。完全忘记了我国现代化的途径,只死死记住"我就是主张'全盘西化'"。好像不"西化"或"西化"得不"全盘"。就"死不瞑目"似的。

他们全盘西化的坚持,倒省掉了亨廷顿之流"西方中心主义"者的焦虑。

但"全盘西化"能"化"得了吗?

且不说去"化"别的什么,但就那持"全盘西化"论者自己也不可能"全盘西化"的。自个儿从血统、家庭、语言、吃喝穿戴、衣食住行到头顶的天、脚踏的地,都是"中国传统"的。怎么"西化",又如何去"全盘"?让你自己"化"去,你能"化"到哪里去呢?即使让你加入了美国国籍,再认一个美国爸!一切都"美国了"你仍然带着中国传统,那黄皮肤,黑头发,还有血管流的血依旧是"中国造",绝对"西化"不了的。

西方人面对中国奇迹也是只得承认“现代化的途径不止一条”,你作为中国人,何必“我就是主张全盘的西化呢?”

且慢“西化”,中国传统是西化不去的。

1999年4月14日

撕开“小人”的隐身衣

记不起是哪则寓言或哪个神话故事中提到过“隐身衣”这件“法宝”了，只要穿上这种东西便可以“隐身遁形”使人们看不见，而穿上了这隐身衣的人则可以到处施展他的“小聪明大糊涂”（鬼蜮）伎俩，无事“生非”，把人心弄得乱糟糟，使人不得安宁。我把这种人称为“小人”。

这种人不能以量度空间的尺寸来定，而应当从度量上来把握。孙悟空身不满三尺，却神通广大，深明义理，“该出手时就出手”。一条金箍棒打杀无数妖魔鬼怪，虎豹豺狼。他扶正祛邪，扬善除恶，义薄云天，广受爱敬。猪八戒身躯庞大，却自私懒惰，平时吹大话，遇险就偷溜，遇难就会大叫“散伙，分行李”。带有“公事胆小如鼠，私事狗胆包天”的“小人”色彩。而真正的小人则连猪八戒也不如。害死屈原的靳尚，冤死嵇康的钟会，枉死岳飞的秦桧不都是为一己之私而害国害人的“小人”吗？由此看来，“小人”是有本质特征的。

“小人”的本质特征以及对“小人”真面孔的认识，往往是在诚实、善良的人们吃了亏受了罪还不知道使自己吃亏受罪的“小人”是哪一个！这一是因为“小人”伪装得巧妙，二是因为受害者的诚实，某些正直的人缺乏足够的识别能力。看来，对“小人”的各种特征加以研究，通过一番分析，抽象，概括上升为“理论”，以使人们拿着这面“理论”的“照小镜”在茫茫人海中照出“小人”原形，采取相应的措施，防患于未然，实在很有必要。

据说，现在已有人对“小人”做了专门研究，且已出版了专著，这实乃一切正直，朴实，忠厚者的幸事。也是可以告慰那些亘古以来被“小人”害死的忠臣良将、贤士英才的灵魂了。可惜我未能见到这本书，否则，我真要焚香诵读以告慰屈原，嵇康、岳飞等人的灵魂了。

不过，我手边有一本培根老先生的哲学美文集。其中有一篇是可以帮助人们识别“小人”的，现摘要录下，以飨读者，也是想让读者借此将“小人”的“隐身衣”撕开个口子,露出袍子底下隐藏的那个“小”来。

培根云:

“有的人似乎那样善于保密,而保密的原因,其实只是因为他们的货色不在阴暗处就拿不出手。

“有人喜欢故弄玄虚,说起话来藏头露尾,其实因为他们对事物除了一点皮毛之外再无所知。

“有的人是那样乐于装腔作势,就如同西塞罗所嘲讽的那位先生一样,把一条眉毛耸上额角,另一条眉毛垂到下巴。……有人蔑视一切他弄不懂的事物,以轻蔑来掩盖自己的无知。

“还有人对一切问题都永远标示与人不同的见解,专挑剔皮毛,以抹杀本质,以此来标榜自己独立的判断力。”

其实这种人正如盖留斯所说的:“一种疯子,全靠诡辩来败事。”

其实培根先生所列举的也只是“小聪明”式的“小人”之列。这种人,不仅四处打探你的消息,靠出卖别人的信息养活自己空虚的灵魂,还会时不时地端来一张笑嘻嘻的极度“关心”你的脸来博取你的信任,套取你的打算和计划,而后背过脸去时,却将你的希望之花撕得粉碎扔到你永世也找不到的地方。这种人是最阴险的“小人”,一切正直、善良、忠厚的人们须警惕!

文章已经写得不短了,但“小人”的“隐身衣”却远未撕开,但愿读者和我一道努力,及早将“小人”的“隐身衣”剥落下来。

1999年3月26日

寻找清水潭

清水潭，水清见底，五颜六色的石子和徜徉自在的游鱼直视无碍。盛夏酷暑，那广约半亩、深不盈丈的水域，便是我们儿时沉醉其中，尽情撒野的好去处。

有清水潭在，酷暑盛夏我们只有欢乐，没有烦恼。清水潭，成了我记忆中的愉悦、自由和幸福。

今年，城市的闷热更激起了我对置身山麓谷底清水潭的眷恋和向往，于是，我们便急不可耐地逃出城市，扑向家乡，扑向清水潭。

回到家，时值上午 11 时许，吃过饭，我已是汗水湿透衣衫，热气难忍了，就快步奔向清水潭，想洗去满心满身的汗腻和烦躁。

一路上骄阳高悬，四周似着了火，仿佛置身在一个无缝的大蒸笼中。尽管酷热难当，但想到清水潭那清亮、清凉的碧波银浪，想到置身在其中的快意和自由，心里就升起阵阵清爽，便迈开大步，疾行如风。

进山沟，转过山嘴——那个洗澡时的自然屏风，便到了清水潭。

昔日婉妙绰约，仪态可人的清水潭却不见了！一块块牛大的黑色山石，横七竖八地大模大样地安然静卧着，巨石间水汪不过脸盆大小，却是一摊摊石灰汤一样的脏水，好似谁家的懒婆娘洗锅刷碗倾倒的泔水，在懒洋洋地晃动。简直就是粉刷工下工时洗过工具的污水！难道这就是昔日的清水潭？难道这就是我记忆中的愉悦、自由和幸福？该不是我走错地方吧。可那块昔日站在上面跳水的断崖巨石，潭边那棵硕大的核桃树还在。似真似幻、似梦非梦，昔日的优美已不在，往时的碧波无存。这时坡上口渴的牛羊跑下山来，成群结队地涌向对面山谷中去了。那山谷的出口处有一线清流，像是畜生们也换了饮水的地方。

举目河流上下，水似灰浆，阳光下闪着惨白的光。青绿和翠绿已荡然无存，我心中升起一股怒火，滋生出疑惑和惆怅与愤恨。美丽的清水潭为什么会变成这副模样。

后来，才知道我那清水潭上游有十多家小采矿点和小选场。我明白了，是那些钻营有术，能在大小官员处逮到老鼠的黑猫白猫们为了自家快富而乱采乱挖，肆无忌惮地发展，破坏了我梦中的青山绿水，扼杀了我的清水潭！

迈着沉重的步子，我失魂落魄地走在回家的路上。我的眼前出现了一幅河流断水，草木消失，黄沙遍地，风起沙飞的末日景象。这景象正一步步由远而近地朝我压来，我意识到月球的今天就是我们地球的明天！

“哗哗哗”的流水声使我清醒起来。我看到孩子们正推上电闸从水井里抽水洗头。

如果河水还是清的，如果清流清潭依旧，我们还用得着如此舍易求难地取水冲凉消夏吗？

错路错出幸运

错,有时是一种幸运。

错,有时是不受责备的。

记得1988年秋季,我们单位的五六十个同事结伴同游一座名山。

下车时是夜里两点。黑夜漆漆,秋雨霏霏。大家共推我做向导。因为同伴之中只有我曾游过此山,“有经验”。

由于上次来游距今已有11年,记忆模糊,结果,我错把大伙领上了一条险路。在最危险的时候,有几个自小娇生惯养的女伴竟吓得哭起来,一直到峰顶那两汪清泪还未被风干。

于是,我的引导招来七嘴八舌的责备与埋怨,一时我几乎成了罪不容恕的故意杀人犯。

一片埋怨声中,天色亮起来。不断有从别道上山来的游客汇集到山顶。

“真险啊,我要慢一步就被塌方埋在里面了!”

“埋在里边的三个人不知咋样了,怪可怜的。”

“你们是从哪条路上来的?”我的同伴中有人吃惊、急切地问。

“正道。已经堵死了! 你们呢?”对方说。

“我们走的是岔道……”

领队的同志说:“听到没? 我们竟错出一种幸运!”

是的,我们真的是幸运的。假若走正道,我们能不能顺利到达山顶真还难说呢。

同伴中许多人又开始向我道歉。

错,有时是一种幸运。

错,有时是不该责备的。

韶山记行

一

我们去韶山的日子正好是毛泽东主席105周年诞辰的头天晚上。

从武昌乘火车到长沙是凌晨4点钟，天淅淅沥沥下着雨。心想，这样也好，再坐火车就不会像来时那样拥挤不堪了。

谁知，等到5点多进站的时候，人多得就像争着出闸的水。人头攒动，人声鼎沸，人流翻起滚滚浪涛，汹涌澎湃了好一阵子。拥挤中，我风衣上的扣子也不知被挤掉到什么地方去了。

在车上，人依旧挤得密不透风。许多没有座位的人或是站在过道上，或是背靠茶几坐在地上，尽管后脑勺在列车的颠簸中不时磕碰着桌沿，但那表情依然流露出对疼痛的忽视，表现出沉浸在幸福中的宽容与安乐来。

一路上，很少有人专注于窗外的南国风光，人人都在为一种共同的希望而主动找人攀谈、询问并宣布瞻仰圣地时的行走路线，热情相邀结伴同行。好像大家都是阔别多年的故旧亲朋，而不是萍水相逢的陌路生人。大家谈毛主席的伟大，议论毛主席在哲学、军事、文学、书法等方面的杰出贡献，颂扬毛主席对中国和世界，对中华民族尤其是对工人、农民这些蛰居社会底层者的深厚感情，盛赞毛主席为党，为社会，为国家立下的丰功伟绩。有一位来自江苏盐城的教师情绪特别激动，他说："毛主席是一个理想主义者，他终生都为这个理想而奋斗，并做出了重大牺牲。他的理想是为绝大多数人谋福利，这是伟大的，谁要贬低这个，我真要掴谁的耳刮子！"他的话燃起车上一片笑声。啊，是热爱毛主席的心把大家连在一起了。

这列车共有十几个车厢。听乘务员说，这列车是专门从长沙到韶山往返接送前来韶山的客人的。我问他是不是每年毛主席诞辰纪念日人都很多？他点了点头，并说，这一天的人是逐年增多，尤其是近几年。

下车时已经8点多了。天依旧阴沉、微雨。从人们的言谈举止、服饰装扮上看，我判断绝大多数是工人、农民、教师和学生。

二

“下车先闻鞭炮响，绿林深处暴雨狂。

穿松踏雾循声去，领袖像前舞狮忙。”

韶山市毛主席塑像前的广场上锣鼓喧天，鞭炮齐鸣，人山人海，热闹非常。锣鼓声里，鞭炮声中，韶山人民组织舞龙舞狮队表演着精彩节目，尽情抒发着对毛主席的敬仰和怀念之情。观者如堵。海浪般的来客，一批又一批地在主席像前鞠躬叩拜、燃放鞭炮表达对主席的忠诚和爱戴。闪光灯此起彼伏，在这阴沉沉的天底下漾起片片光波，照相机的快门“咔嚓”“咔嚓”地连响，把这动人的时刻和场面摄入永久的记忆。

毛主席已逝去22年，但他的人民并没有忘记他。

三

在出租车上，我看那位司机是个20岁出头的小伙子，待人挺热情，便同他攀谈起来。司机骄傲地告诉我们，他和主席同姓，世居韶山冲，历代均以农为业。他是他们家第一个“老板”，经营一个出租车公司。他说：“我这碗饭是人民给的，大家都要来看望主席故乡故居，作为主席的后人，我情愿为大家抬抬轿子。”我说：“追根求源，应该说是毛主席给你们创造了机会。”他说：“这也是实话。”

我想起他说只收我们6元钱的话，心想，在武昌出租车起步价是8元，而他从火车站到滴水洞拉我们这么远的路才收6元钱，他不是没赚头了吗？就对他说：“现在市场经济了，你的服务费该怎么收就怎么收，我们不能让你吃亏！”他笑了笑说：“市场经济也是人搞的嘛，人是要讲究良心和感情的，没有了这个东西，人还能搞成什么？再说，你们是从大学来的，我应该敬老尊贤啊！”尽管我们几个都不超40岁，并不老，但——

“你小小年纪，咋会知道这个古董词？”我脱口而问。

他给我们讲了下面一个故事：

1959年毛主席回故乡韶山后，在毛家祠堂宴请他的师友。当时，他的老师们年纪都大了。毛主席在席上给他们敬酒，那些老先生们说："主席敬酒，岂敢，岂敢！"毛主席双手捧酒，低头弯腰，笑着恭敬地说："敬老尊贤，应该，应该！"听了他的话我不由得想起了今年为学术界吆喝红了的一个新词来：

"人文教育"！

四

毛主席的祖父毛恩普的坟墓建在翠竹满山的虎歇坪上。

虎歇坪介于现今"滴水洞天"游览区的"一号楼"和"滴水洞"之间的山上。由山下小商店的平台上，沿新砌石阶上行，后面的人头顶着前面人的屁股，山陡得叫人爬上百米就气喘吁吁，非停下来喘口气不可。石阶虽然不太宽，但毕竟有个可供放脚的平面，走上几十级，山道的建造者还将土石挖去弄出一个平台来，让人缓解登山的辛苦。从山下的商店到虎歇坪，我这个自诩善爬山道的农家弟子竟然歇了五六次。真不知当年的毛家是怎样将毛恩普老先生送上山的。听当地的老百姓讲，毛主席的父亲是听信了一个被救过的乞丐的话，自己将其父背上山去的。传说虽未必可信，但当年石阶未砌，山高路陡，树碍竹障，众人要将棺材抬上山绝无可能。

毛恩普老先生的坟墓的确是在离天百步的虎歇坪。这由竖在墓前的墓碑可证，墓碑是由毛泽东一家给立的，有名字为凭。

据当地老者介绍，就是这么一个墓，当年反动军阀也不肯放过，还曾派兵前来搜挖过。为保护毛家祖坟，当地群众将墓碑放倒，埋压墓侧。直到1983年才重新起出竖于墓前。

我们爬上山顶，许多人已站在墓正前方形若卧虎的岩石上眺望山景。见我们新上来，先到的人们便自动从上面下来，让我们站了上去。

站在"虎"背上，极目远眺，韶峰及韶山全景尽收眼底。只见青峰纷列，似大海涌涛自天边奔来足下。这时太阳也撕开云幔，普照山川。天风吹动，流云飞渡，似乎听见云河声响，伸手似可揭下片片云巾。我对同行的朋友说，此刻若有玉笛在手，我一定吹一曲韶乐，为优美清雅秀丽的山川增色。一位满头银发的老者接口说道："你还挺有灵性，前面不远处就有八仙吹箫这个地名呢！"看来，人的审美意识真还有相同之处。我心中这样想。

扭回头，跳下虎石，见坟墓前肃立着一大群人。其中一位身穿旧工装的男子正神情无比庄严，满含深情地诉说："毛泽东主席为了天下穷苦人，起来领导我们闹革命，使你们一家献出了七位烈士。如今你们一家活着的亲人没有几个了，我们就替七位烈士和翻身穷人给你老人家磕个头吧！"说罢就双膝跪倒，虔诚地磕起头来，我们大家也随他一道跪下磕了头。

鸟儿停止了鸣叫。听得见风摩松针竹叶的沙沙声。时间可以夺去人的生命，夺不去的是影响。

五

上屋场坐落着毛主席的故居。

房子坐西朝东。房后青山环卫，门前翠峰列屏。中间有水塘两方，倒映着青山蓝天白云和半山的夕阳。站在毛主席故居院中，向东望去，我仿佛看到幼年的毛泽东在清水塘中游泳时搅动一塘山光云影的英姿，觉得他是在蓝天白云中游，他已成为天的孩子。

看到屋前这道小小斜坡，我好像看见毛泽东为了反抗父亲的权威，恫吓着要跳水的顽皮、倔强和狡黠。

打谷场上，我眼前又映现出当年雷鸣电闪，倾盆暴雨中，毛泽东一家抢收稻谷的慌忙情景，仿佛听到毛顺生看不见儿子帮忙的愤怒咒骂"吃里爬外的狗崽子"，顺着毛顺生那愤怒眼神望过去，我看见毛泽东正奋力地端着簸箕帮孤独阿婆收稻谷的瘦小身材……

走进屋内，那黄泥墙，那古油灯，那笨重的木床，家织的深蓝色蚊帐与床单，还有那古朴、粗糙的衣柜木桌，一切都融合在一个环境里，却诞生了一位改变中国命运的民族英雄，孕育出一个改变了世界格局的风云人物。

我想，如果毛泽东当年没有走出这山清水秀、风光秀丽的世外桃源般的韶山冲，而是服从父亲毛顺生的意志，待在家里农耕苦读，那结果会如何呢？

如果说，韶山冲给了毛泽东"命"，那么，中国当时的历史环境和传统文化与时代文明则是给了毛泽东"运"，而这"命运"的舵把，又是由谁掌握的呢？

答案只能有一个：命在父母，运在个人。

毛泽东的辉煌，应该说是父母、时代和个人因素的最佳结合的必然结果。

毛泽东出生在农家，是农民的儿子，出身并不怎么"高贵"，但细数历史上的英雄豪杰，又有几个不是从贫贱的社会地位上成长起来的呢？看来贫贱正是产生伟大的土壤，贫苦的劳动阶层才真正是历史长河波涛翻滚的源泉。

处于贫贱环境中的人们，切莫低下高贵的头颅，切莫熄了自强的火焰！

背负教化重任的人们，千万莫把脸上的冰霜，口边的冷风，眼中的酷寒甩给挣扎于贫贱泥淖中高扬的头颅；请把你抱猫的手，抚狗的手，揽着红粉柳腰的手移开，随心抓一把爱意，撒向需要温暖的人们吧！

1998年12月28日于武汉大学枫园

走近吴兴民

一

“走近”这个字眼，似乎偏重于从距离这个角度诉诸人们的感觉。它往往指“走”的主体从远离观察对象的地方起步，逐渐缩短两者之间的空间距离，我在这里无意使用这个义项。因为我和吴兴民的关系非同一般。我们是老乡，又沾点亲戚——他是我的表叔，又是师生关系——他是我上高中时的政治、英语、地理老师，更是引导我走上文学道路的导师；高中毕业二十余年后，我们又同在一个单位工作，是同事和邻居，更是无话不谈的挚友。从“距离”上讲，我距他是够近的了，几乎天天待在一起，所以，我无须在距离这个义项上使用“走近”一词。

我所谓的“走近”是指在长达25年的接触中，特别是在师范的13年里几乎“形影不离”的接触中，对他性格、才华、思维、人格的感知和仰视所获得的对他那个“真我”的把握程度。正是这个对吴兴民“真我”的把握程度才促使我有勇气提笔写下这篇文章。

关于吴兴民的文章有许多篇，名作家张宇先生，优秀编辑吴花蕊女士、范汉君先生等人都有名作在前，并且篇篇写得有声有色，让人一看马上就产生“吴兴民就是这个样”的感觉。正因如此，尽管我也早就萌生了要写一写吴兴民的念头，却迟迟不敢动笔。直至最近，我看了“有一百个读者，就会有一百个林黛玉”这句话，才领悟到我也有写一写自己眼中的吴兴民的权力。

我想就吴兴民的经历、才华、思维、人格诸方面来写一写我所认识的吴兴民。这不是为了还债——还老师的导师的挚友的人情债，也不是为了用文字给吴兴民编织一幅画卷。我只想把我眼中、心中的吴兴民推向广大读者朋友，以便大家在阅读他的作品时能更好地把握作品的内容和形式，仅此而已。因为我十分了解他，并且能确切地把握他，我隐约觉得写一写吴兴民是一种责任。

二

吴兴民出生于公元1938年元月二十三日，是河南省洛宁县底张东南村人。他们兄妹五人，一个姐姐，三个妹妹，他是唯一的男孩。按照农村习惯，他自然成为祖父母和父母亲的心肝宝贝，宠爱有加，在家中享有“至高无上”的优待权。尽管他的几个妹妹和姐姐个个天资聪颖，很有发展前途，但毕竟终究是“人家的人”，唯有他是这个家庭的未来户主，所以，家里就咬着牙关，弓着脊梁，用农民特有的坚韧和辛劳供他上完了大学。而他的姐姐和妹妹们就无法享受到他这种特别的待遇了。

吴兴民是在呵护有加、宠爱无比的生活环境中长大的，个性的发展很少受到粗暴的干预。他上学后虽然爱玩，但求学生活一帆风顺。他爱好打篮球、乒乓球，体育运动使他具有了修颀的身材，很有运动员的风度。此外，他还爱好小提琴、二胡、秦琴，虽然拉弹得不怎么好，但他能拉一两个名曲，这使他的听力得到了很好的训练，英语和俄语的正音能力很强。尤其是他的文学天赋更为人所称道。他不仅能写一手漂亮的文章和诗歌，语言还很有个性，见解独特、深刻，往往像刀子一样一语中的，令人听而胆落。于是，环境造就了他睥睨万物、目中无人的性格。

参加工作以后，由于一直处于“外行领导内行”的管理模式下，那些领导便对他心存畏惧，未免在他的面前表现出种种“不自然”“不真实”来，这样反倒更增加了他的“厌恶”。以致这“厌恶”不断积淀，终于形成他的名言：“不知是没本事的当了官，还是当了官才没了本事。”他的这类名言很多，我在上高中时就记了他此类名言上百条。

大学毕业后，他结了婚，妻子闫淑兰，来自书香门第，大家闺秀出身，而且贤淑善良、聪颖、开朗。闫淑兰中学时代功课优异，不仅爱好文学，还在大学学医，学会一手专治妇女不孕症的绝技，在村里村外，治好许多妇女，有百分之八十都生了男孩，很有声望，这就使吴兴民免除了为家里柴米油盐酱醋、孩子们健康与学习操心受劳的辛苦。吴兴民便成了一个到家里也只干自己感兴趣的事的人，用闫淑兰的话说：“他只关心他的学生。”没有了家务负担，吴兴民那种睥睨万物、傲视古今的性格就更加无拘无束起来。以至于人们把“孤傲”“清高”“不懂人情世故”作为对吴兴民认同的单一因素。

吴兴民难道真如人们所认同的那样吗？

三

人是一个多棱镜，也是一个五光十色的世界。

人们的立足点不同，着眼点不同，看到的色彩也不同。

吴兴民的性格确有人们常说的那些：孤、傲。比如说吧，一大堆人围在一起热火朝天地议论某人上大学时恰好“文革”开始，“停课闹革命”，毕业时“革命”还没结束，言外之意是某人“在大学没学到多少东西”，“没啥了不起”，正好被他听到，他会在距人们一二丈远的地方高喉咙大嗓门地边说边走过来：“你们咋能这样评价所有的人，我看他能考上那个大学本身就说明他的能力。”大家被他斜刺扫过来这么一梭子“枪弹”，扫光了谈兴，在无法反驳的无奈中便慢慢地走散。

如果碰到一堆年轻人正在高谈阔论舞台上身着“三点式”的女子“带戏”“新潮”，正巧又被他碰上了，他会满脸冰霜地疾步走来，咬着牙，伸展右臂和僵直的食指，低沉、阴冷而又斩钉截铁地说：“如果那也算艺术，那么什么又是对艺术的最大蹂躏呢?”听到这里，青年们自然如鸟兽散了。

吴兴民孤独起来，他常常蹲在家门口的小菜园里抽烟，时而拾起树枝在地上画写着什么。他是在解孤独的“方程”，还是在构筑解世态人情的“矩阵”？没人晓得。

有时，谁家小两口吵架，他会主动跑上门去大声呵斥理亏的一方，那声音比人家吵架的声音还大，而吵架的声音也往往会在他的音浪轰击下收敛了。有时，谁家大人抡圆了巴掌打得“不听话的孩子”哇哇大哭，吴兴民会走过来笑嘻嘻地劝解，一两句话，风波也就到此平息。他习惯了跟小孩子们闹着玩，于是，他的“小朋友”们就多起来，时间长了，院子里的小孩子们一下学就围在他的门前踢毽子，跳绳，滚玻璃球，吵吵闹闹，就像树林里的鸟儿。他从来不烦，有时，还会从孩子们手里要走毽子踢几脚，接过玻璃球儿滚上一阵儿。

对于这样的人，用简单的“孤、傲”两个字来描述其性格，全面吗？他虽然孤独，他虽然孤傲，但他有他自己的身心世界。

四

吴兴民的才华是大家公认的。他的诗剧《孤独的小岛》，被武汉大学的周运清教授看到后，给了极高的评价——“诗人气魄很大，豪情万丈，震撼力惊人!”荆州师专的王勋章教授说“这是不可多得的佳作”。作家张宇、陈韧，名气、地位、成就可以说都比吴兴民高，但他们跟吴兴民——一个普通师范教师关系很好，为什么？用陈韧的话说：“吴老师这人善良，有才华。”

当年上高中时，教学秩序一片混乱。有的学生不仅敢常常不上课，还敢在老师讲课时突然站起来向教师“发难”。但吴兴民上课，不仅从没发生过这种事情，而且学生到得特别齐，教室里静得连吴老师换气的声音都能听得见。他总说：“我有足够的信心把学生圈在课堂上，问题在于我无足够的把握给他们有量的东西。”为什么？我们那时都说：“吴老师这人文化深(那时我们不习惯用‘有才华’这些字眼儿)。”

现在的师范学生们则说：“吴老师的课你不仅能学到知识，而且还能学到一些独特的思维方法。”

学生们爱吴老师，爱听他讲课，课下爱找他交谈，尤其是爱他的文章，爱他的诗歌。我当班主任的几年内，见学生们人人都有一个小本子，专门记的是吴老师的话语，抄的是他的诗作和散文。我曾问过学生，你们最喜欢吴老师作品中的什么东西？他们答道：“真、善、美，尤其是他忧国忧民、乐观向上、热爱生活、坦诚率真的思想品格。”吴老师的才华深深地吸引着他的学生们。

吴兴民的才是多方面的。他可以教高中物理、英语、语文、哲学、历史、地理、生物、数学等十来门课程。而且，教任何一门课，他都具有自己鲜明的风格和个性。比如教语文，他很注重教“思路”，抓“文眼”，擅长从不易为人重视的地方挖掘出令人耳目一新的深意。他不喜欢旁征博引，他讲究“精要”，讲求“经济实惠”，能做到让学生“堂堂都有新收获”，这只有知识结构优良，举重若轻的人才能做得到。但吴兴民却深谙此道，驾轻道熟，得心应手。他改学生的作品，不仅因文而异，还能因人而异。对于成绩好的学生，他有时的赞语比文章还长，有时则惜字如金，“顺手一刀决生死”，叫学生觉得羞愧难当。尽管如此，学生们还是能在较短时期内有很大的进步。

有人说，吴兴民如果再勤恳一些，他会有很大成就的，尤其在文学方面。

但人们哪里知道：吴兴民仅给学生们写的回信，二十年来至少也有几十万字。而这几十万字，如果汇集成书，那将是集情、理、知、善、美、真为一体的佳作，会成为全人类一笔可观的宝贵财富。

都说吴兴民的思维很独特，他到底有哪些很独特的地方呢？

首先,他善于“语理分析”。比如有人拿公款去让人做生意,那结果自然是“赔了”,公家只有蚀本的份儿了,当众口一词指责某人不该将公款挪于私用时,那人则满脸苦相地辩称,他是想给单位创收,谁知是“好心做了驴肝”。吴兴民则会马上起来反驳,是谁说的“好心”?是谁的“好心”,这“好心”最早知道的都有谁?这“好心”是什么样的“好心”?这有“好心”的人怎样才能证明它不是“驴肝”?如果这“好心”本来就是“驴肝”,那只能说那叫“实话实说”……

其次,吴兴民具有辩证思维。例如,在人们为日益猖獗的腐败现象切齿咒骂、怒不可遏的时候,他却指出:任何事物都有其自身的生存环境和发展过程。最典型的例子就是讽刺挖苦那些不懂本行的外行领导:“不知是没本事就做了官,还是做了官就没有了本事!”吴兴民的思维是一把双刃刀。

吴兴民的思维是创意思维。他的思维是以批判性思维为先导的。每当我们两人在一起讨论问题的时候,一碰到我提出的问题,他马上就会郑重其事地问:“是什么意思?”,“你有什么根据?”只有在我做出详尽的阐述后,他才会表示同意或反对。

在吴兴民的思维中很少“权威”“从众”“视情”和定势,这使他在思考问题时少了许多羁绊,能够得出公正或比较公正的结论。说起来,他对鲁迅是极敬重的。尤其是他对嘲讽或误解,往往不予理睬,当听到一些不利于自己的言谈时,往往一笑了之。

1986年我由洛宁县第四高级中学调入师范时,他对人说:“这个人是我的学生、亲戚,我知道他的业务上不成问题,但我不能推荐,因为我嫌他的学历层次低。”这话,在我调入师范后,他还反复讲,并且是在许多公众场合。他的这种思维方法,同我的另一个好师长党全升形成鲜明对比。党老师总是在别人把我的没错记成有错的时候竭力替我辩解,私下里却毫不留情地批评我工作方法上的不当之处;而吴老师却是在多数场合不断指出我的过错,但私下里却教给我纠正这过错的方法,给我纠错的勇气和力量。如果说,我在师范的二十几年中,业务和工作上有什么长进的话,同他们的指点、引导、鼓励和支持是分不开的。

再举一个吴兴民的思维中没有从众定势的例子。“墙倒众人推”或是“墙未倒众人也推”,是我们这个民族的一种劣根性,总想看别人的笑话,总喜欢在看别人的笑话中找到并消费自己的快乐。吴兴民对此深恶痛绝。他总是在别人遭受挫折的时候挺身而出,为遭受挫折的人找出一些这“挫折”发生的不合理性,减轻遭受挫折者的心理负担，竭力拉住他不使他彻底趴下。

善用类比推理，是吴兴民思维的又一特点。比如在评价如何对待传统文化时他说："如果说只会喋喋不休地夸耀祖宗功德，自己百无一能的人应该受到批评的话，那么，只会接连不断地诅咒祖宗体弱多病的人就应该得到鼓励吗？"

正是吴兴民所具有的这些独特的思维个性，使他的语言常常开放出绚丽的花朵。

五

我觉得，吴兴民的人格在当代社会不仅是值得肯定的，而且是值得提倡的。

吴兴民的人格是以追求心灵自由为核心的。这心灵自由是以其所具有的独特的思维方式为前提的。因为他的思维类型是以"语理分析"、创意思维、辩证思维为特征的独立思考型的。因而他能够排除一般人不易摆脱的权威定势、传统定势和从众定势的羁绊，进行独立思考，并以这种思考的理性结果来决定自己的社会行为。从他的社会行为中，人们可以想到他与众不同的独特个性，能够窥探到他自由、尽兴的精神世界。

在吴兴民的独特行为方式中，贯穿着一条真、善、美的主线。他在驳说世俗观点，责难损人利己、唯利是图的价值标准，奖掖、提携后进的时候，总是自觉不自觉地拿真、善、美的道德标准为尺度。这是构成他仗义执言，疾恶如仇个性的重要因素。

如果说独特的思维方式为吴兴民追求自由尽兴的人格提供了方法上的支持，那么，对真、善、美的崇尚和对假、恶、丑的强烈厌恶则为他追求自由尽性人格提供了一套价值标准。这些，在他的语言和作品与平时的行为方式上得到鲜明而生动的体现。这使他的语言和作品表现出强烈的吴兴民个性，表现出一种与众不同的个人色彩。正是由于这些，他才不被大多数人理解，也因此使他显得有些孤独、孤傲。

现代化是一个充满神奇的社会变迁过程。这个变迁的重要内容之一或者说前提之一就是人的价值观念的变化。即使人变为现代化的人，具有自由、自主人格和独立思考与创新能力的人——也就是把长期集权制度下形成的依附性的，缺乏独立性的人格，变成有追求并具有自由、尽兴的人格。而吴兴民则率先完成了这个转变。

吴兴民的人格，值得学习，值得提倡。因为吴兴民的这种人格是现代化的人格，是进行现代化建设所需要的人格。但如今社会的绝大部分人没有完成这种转变或者没有意识到这种人格转变的重要性，仍然躺在传统的躯壳里处于冬眠或半冬眠状态。而这，正是现代化进程的一种文化障碍。

以上，是我走近吴兴民所感悟到的结果。正确与否，恳望知情人以及对吴兴民本人及其作品感兴趣的人们批评指正。

1999 年 1 月 28 日于洛阳三师

学府印象

有些地方你在那里住了很久，事后回想起来却没有什么特别的印象，“太普通了”，你在心里会这样说。而武汉大学不同，我走进武大校园的第一印象就特别深刻，异样的感觉特别强烈，好像刻到了骨头里，这一辈子恐怕要忘不掉了。

武汉大学的大、雅特点是显著的。

武汉大学坐落在飞红滴翠的珞珈山麓，面向玉鉴琼田般的东湖。站在湖边望山，山呈孔雀开屏之姿，松风漾绿意，枫色耀红彩，百鸟千禽畅鸣幽林，有远近深浅之别，无大小胖瘦之辨。空气清新，洗人肺腑。环境清幽，娱情怡人。站在湖边望水中，湖色千顷，远与天齐。水清如鉴，不仅天光云影在水中缓荡，就是远近的青山也像坐在湖边梳理满头秀发的玉女一样倒映湖中，白色的海鸥或凌空翱翔，或展翅卧波，尽情享受生活的自由和快意。三五游船，或箭样的摩托快艇，或梭子样的手摇小船，也都以自己特有的方式拨动着碧水，将这湖光山色点缀得更具诗意和妙趣。每当朝霞溅火的早晨或是夕照吐红的傍晚，你只要往湖岸边一站，夜来的乱梦和一天的疲劳就会像轻烟一样被带着湿润感的清风吹得飘然而去，没了踪影。据说，将武汉大学建在这枕山鉴湖之处，还是我国著名的地质学家李四光的主意呢。

学校环境的雅还体现在建筑风格的典雅和学习环境的清雅上。

校园就在山脚下，不仅可听得松涛鸟鸣，就是走路，山边俏皮的棕树叶和松枝也还直抹我们的头发。在我们所处的枫园就是这样，开了窗户，那蓬勃的绿色就在眼前，那在风中摇动的松枝枫木似乎伸手就可以抓到。还有那顽皮的小鸟，站在线香样的松枝上，张开那尖尖的金黄色的小嘴朝着我这开着的窗户和堆在桌上的书本唱出一串乐音，就像竹笛上吹奏的指颤音一样圆润动听。

树木高大，合抱粗的松树直插云天，浓浓的枝叶洒下厚厚的绿荫，覆盖了校园里的绿地和高楼。松林里以恰到好处的距离和方位散建一些圆形的石桌和石凳，你在路边走，总会看到那石质的桌凳上有学生趴在那里看书或写字。夕阳西下，金辉洒在绿地上时，进行户外活动的学生就会有人平躺在草地上，将书页对着落照读，“自由”“自在”这几个字会跳上你的思维屏幕。

最能使人激动的是学校那些掩映在绿色树荫中的建筑群落，一式的中西合璧建筑。楼房上那窄而高又是拱顶的窗子，那圆形的房顶楼房拱卫着飞檐翘角的主楼，给人一种巍峨高大、古朴典雅的感觉。特别是法学院的建筑，给人以殿堂般的感觉，使人觉得汉谟拉比法典就是诞生在这里似的。据说，这种西式楼体戴上一顶中国式的帽子的建筑，还有寓意呢。寓的什么意，我还未弄清楚。但这典雅的风格我是记下了。

溯源学校的历史，学校前身是 1893 年湖广总督张之洞奏请清政府创办的自强学堂，后数易其名。1927 年 1 月更名为国立武汉大学，迄今已有 105 年的历史。现在学校占地 200 万平方米，房屋建筑面积 60 多万平方米，有 17 个学院和 3 个直属系，64 个本科专业，106 个学科专业获硕士学位授予权，55 个学科专业获博士学位授予权，5 个一级学科 16 个专业招收博士后。学校现有教职工 4572 人，在校各类学生 17062 人。

学校科研实力雄厚，研究成果丰硕。1978 年以来，有 500 多项自然科学研究成果和 800 多项社会科学研究成果获国家部委和省级以上奖励。

1993 年武汉大学建校一百年校庆之际，江泽民、李鹏等党和国家领导人题词祝贺。哈佛大学、耶鲁大学、东京大学等 42 所国外名牌大学派人参加了庆典。1995 年 11 月，国际科学界权威期刊《科学》杂志把武汉大学列为中国最杰出的大学之一，也在这一月，学校顺利地通过了“211 工程”部门预审，并被列为国家重点建设的大学之一。

武汉大学规模大，成就大，名气大，这恐怕也是一个不争的事实。

到校几天来，对接触到的教师、同学，图书馆、商店、食堂等单位的人员，我最明显的印象就是文雅、文明、不急躁，对人态度友好和蔼。

我觉得能在武汉大学这个怡人的环境里研修一年，确是荣幸。

注：该文为 1998 年 12 月 18 日在武汉大学进修时所写。

游黄鹤楼记

“故人西辞黄鹤楼，烟花三月下扬州。孤帆远影碧空尽，唯见长江天际流”。李白送别孟浩然时目断天涯、意逐流水、情深意长的抒情绝句，我上小学三年级时便已背会，长江边上飞檐翘角的黄鹤楼已在心里扎下了根。

上初一时，读了毛主席的“黄鹤知何去，剩有游人处”的词，对黄鹤楼的渴慕之情真是“心潮逐浪高”了。但慕也只能是慕，而且也只能在梦中“慕”。一个收入微薄的小人物，衣食住行这些生活小事尚且拨调不顺，哪有资金去旅游，去享受文化消费啊，无奈的遗憾也就日渐淡漠了。

后来，命运终于使我有机会了，1990 年和 1998 年，我五过武昌，每一次总想“这次兴许能登上黄鹤楼了”，可谁知，每一次南行北往过武昌总在夜间，仍与黄鹤楼无缘。

不料，今日我同龙岩师专的邱育峰一起到黄鹤楼游览，终于使半生夙愿一日偿，终于领略了江南四大名楼之一的黄鹤楼，在它的附近玩了几乎一整天，而所有活动、所有见闻均与黄鹤楼本身蕴含的浓郁的汉民族文化有关，思想受到的震撼，精神受到的陶冶，情趣受到的美育，愿望实现的欢畅，雪浪拍岸般地涌上心头。这是平生的盛事，不可不记。

慕真名而登假楼，登假楼而生真情。

黄鹤楼是蜚声中外的名楼。它濒临长江之滨，雄踞蛇山之首，拔地倚天，葱翠如屏。登楼远眺，极目千里，俯瞰江汉，气势磅礴。气吞云梦雄千里，头顶星月尺五天。登楼吴楚缩地来，举杯城郭晃影飞。黄鹤楼因此自古享有“天下绝景”和“天下江山第一楼”的盛誉。

其实现今的黄鹤楼不仅“黄鹤一去不复返”，而且还不是坐落在长江边上的原楼。此楼是五十年代修建长江大桥时从江边迁移过来的。

原楼始建于三国鼎立时的吴黄武二年（公元 223 年），距今已有 1700 余年的历史。中经唐、宋、元、明、清历代重修,气势愈加宏大,群落愈加完整,风格也不断翻新。从楼内展出的模型看,明代以前均为方形双层建筑,清代为三层建筑,呈圆形。今楼五层,亦呈圆形。而今的黄鹤楼时逢盛世,规模超前,气势壮观。楼高51.4米,耸立蛇山之首。站在山下遥望,但见它遏流云,柱青天,大有总领江山之豪气,驾驭风云之雄姿。走上山去,入园门,过牌楼,循路而进,拾级而上,在高雅清婉的古琴声中,逐楼细看,可见一楼大厅迎面是一幅高9米宽6米的巨型彩色瓷镶壁画《白云黄鹤图》。图中黄鹤凌空展翅,江水怒卷,雪涛扑楼,格外震撼人心。二楼为陈列厅,厅展今人制作的历代战船游舸、木雕模型。制作精美的各式楼船,让人领略中华艺人巧夺天工之技艺,妙思羞神之仙功,令人情不自禁,为其击掌叫好。三楼着眼于人文,四楼为接待厅,五楼内有十幅直接涂于墙上的组画,其中《江天浩瀚》有九十余平方米,是全楼规模最大的组画,令人叹为观止。出五楼大厅,沿回廊远眺,武汉三镇尽收眼底,江天风云洗净胃中胜境。远望长江天外来,帆影飞鸥,中分两岸秋景。汉阳枫林隔江红,吴楚天低,水天一色。千里富地,高楼林立,万寻长桥拽蛇衔龟。江风敲檐铃叮当作响,铁龙山虎啸龙吟。黄鹤楼、江天楼、山川楼、开怀楼,生平不登黄鹤楼,不知山河壮丽,有幸登临黄鹤楼,方开包举宇内,并揽八荒之心。优秀的中华文化是提高人文素质的灵丹妙药。

历代文人墨客咏诗作赋,讴歌黄鹤楼壮丽景观,抒写襟怀壮志或离情别绪,流传至今的诗词逾千篇,文赋过百篇,又是一笔丰富的文化遗产。黄鹤楼还有多如珠玑的神话传说,是中华民族文学宝库中的一颗明珠。

现今的黄鹤楼建筑群落,因山造势,或续或断,错落有致。由楼、亭、轩、坊、廊、榭等组成,同人文、自然景观融为一体,已被改为"黄鹤楼公园"。在这里不仅可以领略到巧夺天工的建筑文化,感受到荡气回肠的文学震撼,还能够饱览令人刻骨铭心的历史文化,聆听到摄魄销魂的音乐文化,品鉴到芳香扑鼻的江南茶道文化……游罢归来,激情难抑,信笔而记,以作长忆之存照。

今生登罢黄鹤楼,万里江山入襟袖,立志报国壮乾坤,意逐民心永为牛。

注:游黄鹤楼还写有一篇杂文发表在《武汉晚报》。

神灵寨漫记

国庆节放假,我有暇漫游神灵寨——洛阳城外西南 80 公里外的“河南省洛宁县神灵寨森林公园”,漫游归来,除两腿酸疼外,觉得仍有可记的东西。既然是“漫游”,也就不妨以“漫记”冠名。

由于是独自一人,又是首次前往,虽少了别人的牵制,可也没有了确定游览路线的磋商,只听凭先修筑的山道把我引向所开辟的景点。因此,“漫游”一词,也将就着用吧。

神灵寨留给我的印象,其实也就是“竹林小道”“山洞气韵”“巉岩台阶”“玉皇倨傲”所给我的“漫愁”了。

竹林小道

走进神灵寨森林公园山门,穿越停车场,踏过引桥七级台阶,就步入涧河吊桥的桥面。桥由钢索牵架,长二三十步吧,窄窄的,伸开双臂就能触到桥两侧的指头粗细的钢筋——那是护栏。算不得雄伟,我想。走在桥上,我见童心未泯的成年人,就故意摇晃一下身子,桥就晃动起来,有一种海上乘船的晃动感。走到桥中间我已加快了脚步,身子竟也有一种弹跳的感觉。颠颠地步过吊桥,走下同样的七级台阶,一纵身就扑进了绿色的竹林小道。

竹子不大,粗的似核桃,细的如笛箫,但很多,很高。抬头望,头顶一片碧绿。左右顾盼竹似密密栅栏。竹竿溜直,无枝无丫,分明已经过一番整修。低头看,软绵的沙土路也被染成绿色,就连脚上的丝袜,也蒙一层绿的光晕。在小道上散步,听林外水声潺潺,自有帘内听秋雨的韵味,优雅,清净便注满心窝。

如果骑摩托奔驰,我想用不了一分钟就能跑出竹林,而步行至少要三四分钟才能走脱这清雅的笼罩。这时,心里就有一种丢了钱包的感觉。

清雅的竹林小道,是一段冲刷肠胃尘埃的高雅旋律。

深涧气韵

沿山路去神灵寨，前山有大、小两条路。小路在小潭乱石间缠来绕去，有许多外地人或蹲在潭畔，或依在石上照相留念，嘻嘻哈哈喧闹一场。我见他们占道碍路，又觉得与这等潭石毫无情感牵扯，就走大路，甩步急行，向后山赶去。

大约走了五里吧，谷中的两条路合二为一。路旁的石头变得高大狰狞起来，立岩也高耸欺人。谷中的潭水也变了颜色，不再是前边的明亮、青绿，而变成了茶绿色。尽管潭底的沙石粒粒可见，总觉得它深邃了许多。大约是过了将军岩，大山像在这里打了一个哆嗦，收缩了双臂。山涧顿然狭窄了起来。抬头看天，天比井大不了多少。路在人工架设的傍崖攀岩的栈道上、旋梯上缠绕爬行。空气变得奇异起来，它用熟透了的山葡萄、猕猴桃的气味夹杂着湿漉漉的山菊花香味，充盈了峡谷的空间。人的鼻孔似乎变大了许多，一股香喷喷甜丝丝清凉凉的气息冲进五脏六腑，洗涤冲刷着在城市的烟尘声气中积淀的委屈烦恼。胸腔、腹腔一下子变得空旷起来，似乎能够藏得下千军万马，天地万象。神经似乎也格外清醒，使人陡增理解人事谜团的智慧和胆量。

山涧的气韵就像一位超然洒脱的千年隐者，用晴朗柔和的语音，一语打破人生困境，使人幡然醒悟，豁然开朗。“经纶世务者，流连忘返”用在这里恰如其分。我产生了在这大山的褶皱里，结庐而居，永不复出的念头。

神奇的峡谷，神奇的灵药。

巉岩台阶

通往神灵寨主峰的路，其实是在沿着山脚的栈道悬梯盘旋而上，走到不想走的时候才正式开始的。这时，你大概还在观景台以下的山脊上，对着那八九寸宽，五六寸厚，二尺来长的一级级壁叠上去没入山上的台阶和密匝匝的灌木丛“望峰长叹”。但你千万别灰心，听听洛阳来的一位女士怎么说的吧：“这石条咋弄到这来了，咱空人爬也爬不上去，可人家是咋修路的？上！”于是，她腰子一弓加快了脚步。摆出一副要征服路的长度的架势。当一级级的石阶将人引至陡起的岩下，抬头望去见到山脊上一道石壁横立，中天一线，缝隙后面绿深似海时，就该庆幸它离峰顶已不远了，顶多再攀四五百个台阶就可与主峰大殿“相看两不厌”，共享风云舒卷，苍山如海的胜景了。

玉皇倨傲

神灵寨主体海拔 859.6 米，论绝对高度，它同白云山、华山比起来简直就是一个穿开裆裤的小弟弟。但从相对高度看，它可算得上山中的巨人。站在峰顶，看山涛起伏，一如瞬间凝固的大海，而它就是海上巨轮一根峭拔傲然挺立的桅杆。然而，就是这样的一座峰，巍峨的琉璃瓦盖顶的大殿里，却僵立着一位泥塑彩装的"孤家寡人"——玉皇大帝，他头戴皇冠，冠缀璎珞身着黄袍，"手持圣旨"，神情庄严神圣，黑须黑胡映衬下的朱唇半启，似在向他的臣民们昭告着什么，只不过没有声音罢了。

殿外有几处饮食小店，棚舍简陋，与这雄伟庄严的大殿不成比例。然而店中的茶饮却很贵。一瓶矿泉水卖 5 元，一碗开水冲泡的方便面也价格不菲。一打听，才知是贵在运费上。运送物品和水的民工，五点钟起床上山，九点钟左右才能到达山顶，非常辛苦。想想我们这些人徒手登山的艰难，"脚夫们"登山该是何等的艰辛，"不贵！来的太难呀！"

据说，盖大殿的木材、砖瓦、水泥、钢材和水，都是由当地的老百姓，肩扛人抬运上山来的。一袋水泥仅运费就得 50 元。那盖房子所需要的几十吨水，几万块砖瓦，几百斤重的一根根房梁，山陡路窄，他们是怎样运上来的？

在我眼前展开一幅图画，一个个背着水泥袋，拖着砖瓦，扛着、抬着木料的民工，弓着腰，沿着山脊往上爬。骄阳下，他们的汗水湿透了衣裤，汗水顺着发梢、下巴，"滴答滴答"往下滴，敞开的胸膛上，一根根胸骨突起，就像一级级梯凳。汗水流进眼眶，汗珠挂在眉毛尖上、下巴上。每迈出一步，汗水就像房檐上的水珠往下落……他们是这座大殿的建设者，是这个风景区的建设者，他们才最有资格占据着巍峨大殿的中心位置，才最有资格在大殿里留下他们的形象塑造。无论从审美的层面，还是从政治的层面，都是这样。

然而，这个被称为"玉皇大帝"的泥人，却占据了民工的位置，甚至，连一个偏位的空间也不留给他们。他们从民间来还从民间去，至今，在这山上找不到他们形象的遗留，连名字也没有。我不敢对中国的文化人哄抬起来的虚拟形象——玉皇大帝大不敬，我只觉得这不公平！干事的、有功劳的留不下姓名，得不到敬仰和膜拜；无用的东西，却被尊塑成主宰天地万物的神灵。这是人本位还是神本位？难道这就是我们花大价钱在风景区要弘扬的文明和人文精神？诚如是，这是哪家的“文明”和“精神”？这从《党章》《宪法》里，从《共产党宣言》或是《毛泽东选集》《邓小平文选》中能找到理论依据吗？我也想不出这种“塑神”，“复制神”的行为有什么先进性和创造性！

神灵寨的美，是劳动人民创造、开拓出的美，是劳动的美。至少，也是有了劳动的美它才显示出风景的美，没有开发者的劳动，没有劳动者一根根肋骨般的石阶，人们能大批地涌上山来吗？

我为那肋骨般的石阶叹息，为那山石上的一道道凿痕叹息，你显示的意义竟然只是让我们来看这等不知什么时候由哪个闲人造出来的，非佛非道、不僧不俗、不伦不类的泥塑偶像。想到此，我觉得那竹林小道的清雅，深涧小溪诱人的气韵，峰顶大殿的巍峨，一下子都黯然失色，被蒙上一层郁闷的迷雾。“记清游于云外的对联”成了实打实的讽刺。

泥屐声声

在我们家乡人们下雨天穿的泥屐，可以说是在生活中同大自然斗争的智慧创造出来的。它与日本人所穿的木屐不同，是只在雨雪天穿了行走于户外，在家里是无人穿的，只让它栖身于不显眼的地方，所以叫它“泥屐”。就像雨帽一样，它们是在特定时间、特定条件下所使用的器具。

泥屐，由木板做成，两三寸高，五六寸长，板下装了屐齿，用于将雨雪同双脚隔离，板上用葛条或竹篾挽成绊儿，再用布条包缠，以使行走时不磨双脚上的布鞋或棉靴。靠了它，乡亲们就有了“雨雪不碍客行路”的便利，可以穿着它“咯嗒、咯嗒”地在泥泞的路上行走，到街坊邻居家里串门聊天，下棋打牌，打发雨雪天的清闲时光。那时，谁要有一双做工精细、用料讲究、合脚美观的泥屐，就会被看作“能人”受到尊重。

我们小巷里的鸿立爷是个灵巧的能人，他做的泥屐被视为“云鞋”。意思是他做的泥屐轻巧，灵便，又结实耐用，人们穿着它去担水、买药平稳便当，如屐云踩雾。“云鞋”是经他精心改良过的泥屐。它的绊儿是用车子外胎剪裁装钉而成，屐齿是用做牛车车轴的江子木做的，木榫用洋蜡抹过才装上去，不怕水浸雨蚀。即使屐齿磨成了八十老人的牙口也不会松动脱落。“文化大革命”时期，鸿立爷虽然成分不好，但并没有被纠缠，也落了个“夜观山头明月，昼看峰顶白云”的清静自在。

那时，有的人泥屐做得不好，或是屐齿掉了，或是绊儿断了，身子一仄歪，双脚踏进泥里，嘴里难免不干不净地骂骂咧咧。可路还得走，泥屐也扔不得，只好恶狠狠地弯腰拾起两个伤残的泥疙瘩满含委屈地继续赶路。那种万般无奈的破釜沉舟式实在叫人可笑。更可笑的是在下了大雪、积雪塞道的时候。两个屐齿中间塞满了冰雪，一脚踩下去，像踩着两个冰球儿，失去了平衡的身子便砸在雪地上，滚成了一个雪人。为了掩饰窘相，还得强挤出几声笑，以显示自己是个乐观的人。

家乡的泥屐与苏州的泥屐不同。苏州的泥屐有屐帮，屐帮用桐油刷过多遍，硬邦邦的，穿在脚上像油靴一样舒适，鞋也不怕雨淋。它的屐齿是用铁做的，好像是五个，走路很稳当。但这种泥屐一双要30元，我们家乡的人很少买它。

如今，全村大街小巷的路全硬化成砼土路，平整光亮，不再有雨雪泥泞给人们带来的行路苦了。一些短视的人早把泥屐扔得不知去向。

一个雨天的早晨，胡同里又响起一串“咯嗒、咯嗒”的泥屐声。我出门一看，竟是我们村的贫困户“黑娃”穿了一双苏州泥屐悠闲地走在雨巷的新路上。我叫住他问道：“黑娃，你咋还穿这东西，难道你连雨鞋也没有？”他满脸高傲地对我说：“现在路好了，穿这东西去谁家时往门口一脱，鞋是干的，不带一滴水，不会弄脏人家的地板，比穿雨鞋文明卫生多了！”说完，他又迈动双脚“咯嗒、咯嗒”地向前走去。

这一声声的泥屐敲击着砼土地面，响起的是一个进步、文明的旋律啊！

站在大门楼下，望着缓步走在雨巷的黑娃，听着泥屐声声，我陷入了沉思。

泥屐声声……

华峰之灯

夜登华山，错走智取华山路

一

在秋雨淅沥的夜晚，我们行进在石板铺就的山路上。山影幢幢，我们沿路绕山夜行，仿佛穿行在一朵朵一片片的黑云之间。山涧的溪水夜话窃窃，山上时有石块磕磕碰碰地落下山谷，一一带着跳跃的脚步声。好似在同我们比试着匆忙和足音的分量。我们谁也不说话，在默默地前进。

蓦然，一粒灯火在前方的山尖闪现。我们的心为之一振，"看，华峰就在那儿!"惊喜的春风顿时裹满全身。其实，还远着呢……

峰回路转，那粒灯火时隐时现，似俏皮的顽童同我们捉起迷藏。

每当看到它，我的心里都在变幻着意象：马灯、星星、月亮、友人的手电……然而，都不是。

我们其实是走在人生的路上。有高山坠石，有危峰幽涧，有小道崎岖，有秋雨淅沥，有山影遮罩，有暗夜黝黝……但那峰尖的一粒明珠却给我们标示着方向，尽管举目可及，尽管遥遥无期。但它毕竟给我们以力量、勇气、信念、希望。至少它压抑了灰心、丧气、无奈，遏制了失败、放弃的情绪，引导、鼓励、召唤我们一步步，一个台阶一个台阶地向上攀去，向峰尖攀去。

二

我气喘吁吁，胸口好似压了块石板，气管里好似被堵上一团棉花——三月飞絮的那种，就这也使我艰于呼吸。我不得不手脚并用地前进。其实，那就像我们的原始生态。在丢失了尾巴后，依旧是在攀爬，在今天。

山越来越陡。那被人工凿成的窄窄、浅浅的脚窝，就似壁上的"架子窝"，麻雀在里面做窝的那种。拽着两边的铁索，我们向上攀爬。头顶着上边同伴的脚后跟，我们成了一条摘月亮的“猴子链”。

无人说话，没有人语。能感到秋雨和汗水一起湿透衣衫的温凉，听得见脚下深涧中山溪和远处山涛的呜咽。抬头望，峰尖的火光似一颗明亮的启明星在闪闪发光。

那条路陡向左转。左边是悬崖，崖下是万丈深渊。一阵阵强劲的风迎面扑来，吹得我寒噤连连。紧接着，路又以九十度直角向上伸展，道旁一根固定铁索的木桩活动起来，“死亡”危险和求生欲望发生激烈的碰撞。我把手提包的带子衔在嘴里，腾出手来扣死石棱，做拼死一搏，继续上爬。

四周是无边的黑夜，脚下是同伴头顶。退路全无，唯有向上爬行。这是唯一的选择。

抬头望，峰顶的火光更亮了，火光照亮的空域更大了。

我心里勇气陡增，似乎再有几步就是峰顶。

三

前进中，当后退已不可能的时候，我们只能抱着一去无归的决心，毅然前行。胜利就在眼前，光明就在眼前，成功就在前方。

峰顶的火光，其实就是一盏固定在电杆上的电灯，而它在夜里竟是那样明亮，竟然有那么大的召唤力量。

站在峰顶，天风猎猎。雨点打在身上分量颇重，就似顽童弹弓上射来的豆子。抹一把脸上的雨水、汗水，我挺直了身子，以征服者的骄傲双脚踏着峰尖。舒畅、贪婪地呼吸着新鲜的空气。

天阴着，灰蒙蒙的，雨淅淅沥沥地扫兴地下着，风呼呼地冻人恼人地刮着。我立在峰尖。

千山万峰间堆满了“棉花堆”，那是雾随山风在作海浪样翻滚飘动，山间就似一片白浪滔滔的大海。“石移动云根”，一座座山峰变成了时隐时现的浪里礁石。

没有蓝天红日，未见朝霞绚丽。但这雾海云涛不也是一种意境吗？

我仿佛领悟到了人生境界和人生的壮丽。

"云水竞逐"画中诗

2007年5月30日《中国工商报》第4版刊发的刘号飞先生所摄的《云水竞逐》彩色照片,看后给我以画的意境,诗的艺趣,哲理的启迪,忍不住拿起笔来作"附骥"之谈。

这张照片上的天空湛蓝,似绒、似棉的云朵浮游戏逐。地上,一条银波雪浪的河水湍急恣情地流淌,奔向辽远,说一路自然美好的故事,描绘出河床的凸凹和坎坷。河的彼岸几块乱石横陈,好似古老的看客伸颈探头贪婪地窥视着奔流不息的水流;对岸绿树满山,翠黛相和,散发出松柏的清香和清新。下游关山重叠,岩石裸露,坦陈出不毛的荒寂与凄凉。整个画面色彩的浓淡,景物的动静、轻重、远近、高低和谐统一,意境清新、舒朗、明丽、优美,附以"云水竞逐"四个典雅汉字的题照,真是妙然天成,令人回肠荡气。在一大块一大块文字方阵中间插入这么一幅真实得可以听见波声浪语,闻到水汽林味的山水照片,使整个版面陡增鲜活灵气,实在是匠心独运、妙思奇谲,唤起读者的阅览激情,实在难能可贵。

这幅照片,使许多优美的诗句争先恐后地浮出记忆的湖面:"道由白云尽,春与青溪长","满河雪浪自作语,数片白云各舒裳","览此天然神仙居,总思对山依河眠","若得枕畔涛作语,便想云纱做春裳"……这幅优美的照片带给我的遐想真似天上的星星、草尖的莹露难以胜数。我真感激刘先生的艺术眼光,把这么美妙清丽的自然山水诗以照片的形式拿出来与我们共享,我更佩服编者对读者的审美心理把握得如此准确,刊出来的竟是令人如此心旌飘摇的艺术圣品。

照片选景的角度指向绿山与秃岭的结合部,一富一贫,一明一暗,沿河流走向顺序排列,我总是觉得这里面寓含着一种灼灼的焦虑。你看,越往下游,环境被破坏得越严重,绿色被斧斤斫去,荒凉和枯燥沿时间的河流在延伸。这不是作者用艺术形象在启迪我们保护环境,挽留绿色吗?高明的摄影师用心可谓良苦啊!如果我们人类不在赖以生存的自然面前表现出应有的道德,这条河流流不了多远,我们优美的环境将会变成今日的月球和火星,我们将享受不到青山碧水,蓝天白云赐给我们的愉悦,河水断流,满目黄沙的枯寂将会影子一般地跟着我们,一直跟进我们的梦里去,我们将永无宁日。

“云水竞逐”看似是与我们毫不相关的竞争与搏斗,实则是一场自然界演给人类看的全息电影,是艺术家、编辑这些睿智的闻人给我们上的一堂意义深远的警示课。

感谢作者,感谢编者,谢谢你们的大智大慧。

天　饰

一只脚还在车上，只觉眼前白光一闪，“嗵”的一声响，人海中便涌起一片惊呼：“开始了！”

第25届牡丹花会焰火晚会开始了。

扬起脸，只见一颗明亮的“长庚星”拖着弯弯曲曲的青烟尾巴，扶摇晃动直上夜空。“唉，广场上的灯光太亮了。”谁在背后抱怨了一声。话声未落，那一颗明亮的星星便在五六十米高的夜空中炸响，爆出一团绿色的涟漪，五颜六色的光点带着一阵秋雨梧桐的急响向夜空深处射去，好像要去扩展它们家族活动的边界。

又是几声爆响，空中爆出的黄色星云中又冲出一个紫色星团来，渐次逐放，把原有的星团覆盖，好似给橘红星团的周围镶了一道紫色的彩边。

清脆的、沉闷的爆响接连不断。夜空中彩色的图案变幻着、更迭着，竞相展示着靓丽与娟好。爬上我们的中巴车顶，一眼望不到边的人海变得鸦雀无声。

夜空被此隐彼现的彩色云团装点成了天国花园，七彩流光，一片绚丽。五彩祥云中突然亮出一个耀眼的“北斗星座”，它们井然有序地从灿烂的星云中娉娉婷婷地向人间走来，好似天上的神仙奈不得清幽独冷，提着灯笼降临人间。那每一盏灯笼都用三五颗星斗竖着串联而成，在缓缓冉冉地飘动中严守着一定的距离，变化的只有高度。它离人们越来越近，在接近音乐喷泉边上十三层楼楼顶时，它们熄灭了自己的灯盏，似乎告诉我们：它们到家了。

接着，夜空中出现了几个不规则的暗红色圆圈，就像姑娘们丢弃的几个橡皮筋，在徐徐的夜风中飘荡，又像天女们挣脱了天帝束缚的绳索，在夜空浮游，给人以无限遐想。

千年帝都，花王皇城，如今变成了奇葩异花在通天彻地幸福开放的阆苑瑶圃，令人置身其中，不知今夕何夕。

突然，似千万面大鼓被狂击，似千万个响雷在轰鸣，地面上陡然放亮千万道闪电，一群群烟花呼啸着窜上夜空，竞相绽放。彩云接袍联袂翩然起舞，五颜六色的星光迸射闪耀。似千万颗星爆瞬间齐发，似天上的仙女神将醉酒后在掷盔投簪，舞带挥袍，疯狂扑打。光色形交织错乱，一派光怪迷离。如昼的灯华被淹没，千万个灵台影凌乱。

四十分钟的焰火晚会结束了。但这次艳丽的视觉宴飨却留在心中发酵，酝酿着空前的馨香。

洛阳的山水地面已被高楼大道、绿树碧草、翠竹鲜花装饰得叫人神怡气爽，洛阳的夜空而今也被装饰得叫人百年难忘。

情系草原的思念

我平生喜欢照相。在我所有的存照中，亲友们公认我那一身戎装，骑着战马，高举军刀，傲立北疆草原的留影最好。也许当时我21岁，修长的身材和军人的战姿迎合了他们的审美观念，他们便将毛主席《为女民兵题照》一诗中首句的四字戴在我的头上。

我之所以珍爱这张照片，是因为它不仅仅时常唤起我在30年前的那段军旅生涯的回忆，更因为……

那是一个晴朗的星期天，天高云淡。军营外草原上那蜿蜒的阿尔金河以及河两岸一排排高耸入云的白桦树，画出一道绵长的横亘在辽阔草原的绿色曲线，使人想起一个美妙的旋律，令人从心底涌起一种豪迈和激越。我和我们班的三个骑兵战友，骑上战马出了营门，在草原上疾驰，箭一样冲向白桦林。我们都知道那里可以饮马、洗马、牧马，可以睡在草地上，望着树梢的天和天上的白云，一边听马嚼着青草，时而打着响鼻的声音，一边可以想心事。更重要的是河对岸那一排瓦房里面住着和我们年纪相仿的男女知青，我们和他们可以在一块说一些年轻人常说的笑话，说一些年轻人所关注的话题。那排房子我们叫它"知青点"。

我们已经有两三个月未出营门了，听说知青们都已返城，"不知他们是否给我们留下了些什么没有"，我毫无根据地这样想。

马仍在疾驰，面前清风嗖嗖，身上衣襟翩翩。

从树干的缝隙中已可以看见阿尔金河闪亮的流水和对岸白桦林后那个"知青点"了。这时，我突然发现"知青点"的上空袅袅地升起一缕青烟，就像一位老人硕大的烟锅里升起的那股青烟，悠然而带着沉思。我忙喊着"喂，弟兄们，冲过河去！有人！"

眨眼间，耳边响起一片纷乱的马蹄破水踏浪的哗哗声。

我们在门前不远处下了马，把缰绳往马脖子上一挽，一任它们自由轻松地吃草，便走向门口。距门还有十来米，我喊道："是谁还在这里？为啥没回城去？"

门口出现一位系红头巾，穿黄军衣、蓝裤子、黑鞋、白袜的姑娘，乌黑油亮的头发扎成两把"小刷子"，瓜子型白皙的面孔上一双水灵灵的大眼，格外分明。看见我们时，姑娘先用手拭了一下眼睛。当她手垂下的时候，我看见她的眼睛里还残留着泪光，眼神哀怨而又无可奈何。

"四班长，请进屋坐。"她一边向我们打招呼，一边转身去扑打炕上的灰尘，又转过身急走两步拨动了几下灶台里的柴火，火更旺了，跳动的火苗在她脸上一闪一闪，更增添了她的俊美。

"你为什么单独留在这里？没道理呀！"我想，一个大姑娘孤零零地守着这儿几间空房子，在这广袤枯寂的大草原上是何等的冷清和凄凉。她低下头，哽咽着讲出了一个"秘密"。

"我的父亲是一个军分区的政委。因说了不该说的话被下放了，这次回城，当然也就……"

听了她的陈述，虽然我为她抱不平，替她担心，并深深地同情社会给予她的不幸，但也不敢公开说出来。

我不知从哪里来的"灵感"，口里就冒出一句："一切苦难和忍耐都会得到补偿的！忍一忍吧，总会好起来的。今后有什么困难，就去找我们！"我觉得说这话时心里酸酸的，鼻子酸酸的，有一粒冰凉的水珠在脸颊上往下滚动。临走时，她说给我照个相。我们重新骑上马，在门外的草原上任她一个一个地逐一拍照。

在归途中，我们几个不时回头，望着站立在门外的她，望着那排只有一个住客的瓦房，望着那个名副其实的"知青点"。我们在夕阳残照中慢慢地走着，踏着自己和马的影子，谁也没说话，好像注定要永远孤独地留在草原上的就是我们自己，而并非姑娘似的。

"再见了，姑娘，坚强些，总会好起来的。"

一路上，我满脑子都是姑娘那凄楚的神情和孤瘦的身影，我生了病似的，打不起精神。那天吃饭，我只喝了一碗米汤，就睡下了。

事后第三天，我和战友马兵奉命回乡探亲。到达乌鲁木齐军区招待所的时候，已是星斗满天万家灯火了。我们住进209房间，返乡省亲的急切产生的兴奋烧得我睡不着觉，我信步走上阳台，欣赏着灯海车流织成的美丽夜景。看到这北方都市的迷人景象，我又想起那个可怜的姑娘，她此时本也该在这美丽的城市过自己优雅的生活，如今却一个人被监禁在草原上那座简陋的孤房里独守如豆青灯，形影相吊！她如今在干什么？是在嘤嘤啜泣，是在狼嚎声中恐惧而战栗地盼人照应，还是在望着窗外的寒星渴盼天明？一个人在孤独无奈中多么需要温情和抚慰呀！

想到这里，我转身回屋，铺纸提笔，给她写下了一封问候信。写收信人的地址时我颇费了一番心思，茫茫草原，一座简陋的房屋，一个孤独的姑娘，没有名字的地方，这怎么写？最后我只好写下“阿勒泰盐湖骑兵连营北 800 米处‘知青点’”，至于她能否收到，我不敢抱什么希望。

但奇迹往往发生在希望之外！

当我们回家十五天后再次住进乌鲁木齐军区招待所 209 房间时，同伴马兵出去买烟回来时对我说：“喂，四班长，楼下存信处有你一封信，去吧！”说着他还狡黠地挤眉弄眼，似乎发现了我的什么“秘密”。我旋即下楼去，但存信处却一无所有，我才发觉那家伙是在开玩笑。当我再次回到房间，却发现桌子上放着我在知青点时姑娘给我拍的照片，这时马兵已钻进被窝，蒙头大睡。我把他从被窝中提起来，我发现他眼红红的，像是刚哭过的样子。但我要的是信。“快，快把信还给我。”他死不认账，说他真的没拿，并发誓说，他要拿了，自己就是狗养的。“照片从哪儿来？”我大吼。“服务员送来的。”“服务员呢？”“换班走了。”我像泄了气的气球，一下子扁了。明天一早就要赶回部队，哪有时间再去找服务员？况且，据招待所领导讲，服务员家里根本就没有电话！

这一晚我失眠了，是我有生以来第一次。这一晚，我对姑娘的遭遇想了很多很多，对那封“一定会有，但无法找到的信”的内容也想了很多很多，当我回到部队再去找那位姑娘时，她已杳如黄鹤，永远地在我的视线中消失了。

这封信成为我生活中的谜，成为我终生的遗憾。

但照片，却留下了我青春的身影，留给我无限凄美的回忆，凝聚着我情系草原的思念。

神游“神灵寨”

听说县里组织了一批文人学士同游神灵寨，任务是观后要交一份相关的文字。我很高兴：家乡丰厚的自然遗产存在的价值终于被提到文化层面上来进行观照，这实在应该被看作是一件幸事。因为，它说明故乡人民已从同自然对立和一味攫取的思维模式中挣脱出来，走向以美化自然、欣赏自然为自豪的新境界，走向尊重自然、师法自然的道德新高度。但这种境界和高度已同“人法地，地法天，天法道，道法自然”划清了界限。前者是物质需求相对满足后对自然的移情，后者则是在小农经济条件下，物质生活绝对匮乏时抑制物质欲望而采取的一种消极逃避的自我麻醉，两者性质不同，目的各异。

我的同事兼挚友赵先生身列被“组织”之中，今天也写了一篇游记，并大度地让我做了第一读者。阅后，文章给我的感觉是描摹真切，有摩诘之诗境；体悟深妙，具子厚之哲思。他在文中多次引用贤哲诗句，使无情之自然满溢人文有意之情怀，澡雪读者精神，聪明俗子之耳目，颇具金声玉振之音，给人以美的震撼，将我的身心神思导引入神灵寨之游历中去。

神灵寨，既曰“神灵”，“神”在何处，“灵”在何方？

我凭窗眺望，凝眸沉思。

神灵寨下，山石、泉瀑、溪涧、竹篁、林风，我想不会美于黄山、泰岳；神灵寨上，巉岩、绝壁、苍松、古柏，不会奇过天都、华峰；神灵寨顶，云海、霞霓、日光、月辉，不会胜过庐山。神灵寨景区正在进行前期开发，旅游设施建设尚未开工，一切均处于准原生状态。这样的地方，为什么能使游历颇丰的赵君那么动情呢？

是需要，是人对纯朴、优美自然的需要——我这样想。

当代工业文明给人们提供了物质享受的方便，但是，废气、噪声和紧张的生活节奏，固定的生活空间都使人们回味自然、向往自然。君不见，一束鲜花（哪怕是非自然的）常可点亮身心疲惫者的喜悦；一畦草坪，常可洗脱忧郁、烦躁者的不安。

自然是医治心灵的一剂良药。渴望回归自然和原始，谁能说不是工业文明炮制人类心灵而爆起的情绪疱疹？寻访山水林泉、鸟语花竹、苍石青苔、晓岚暮烟，在自然中洗一个痛快的精神“桑拿浴”；在惊险、苦累中出几身透汗，冲净心灵的俗雾和凡尘，再塑造一个情感上的“新我”，正是满足这种“渴望”的玉泉。我想，赵君所以动情为文，未必不是如此心态。

名山胜水，固然可游。然而，由于时空的限制，不能达其心愿者十之八九。就近寻幽览胜，近水能解近渴，何乐而不为？况且，人借地生而成人，景凭人游而出名，自古亦然。滕王阁借王勃闻名天下，黄鹤楼因李白而永垂青史；杜牧题诗，爱晚亭旁伟人频顾；伶伦制管，金门谷遗韵长存；苏东坡一游，赤壁矶“吃掉”真赤壁；柳宗元观鱼，小石潭变成千古潭。由此观之，今日之神灵寨，焉知不可成为明日之峨眉山？更何况，神灵寨正在被洛河文明发源地的42万洛宁人民倾尽智慧不断美化。

据史料记载，神灵寨为古金门城之屏障，自古为兵家必争之要冲。伶伦曾在此制管，李过曾在此鏖兵，只要下决心开发，神灵寨的人文价值必定会不断升级。神灵寨成为旅游避暑之胜地，是完全有可能的。

神灵寨景观，定能成为医治心灵的一剂良药。

神灵寨，这位深居万山丛中的袅娜丽人，终有一天会使万千游子倾倒在它的秀姿靓影之下。到那时，神灵寨不仅会在文化层面上受到人们关注，而且还会成为洛宁人民的“太阳山”！

神游神灵寨，我发现它神就神在对人的精神同样具有澡雪之功，它灵就灵在能使人在情感世界里重塑一个“新我”出来！

但愿文化人的结伴同游，能提高神灵寨的人文品位！

2001年3月20日

大煞风景的“艺术”

艺术要给人以美感，这是常识。

但是，在我市黄鹤楼公园却出现一种大煞风景的“艺术”。

这种“艺术”展列在黄鹤楼公园大门口停车场左侧的一座悬挂着黑底金字“黄鹤楼公园”牌匾的庄重典雅的楼台上。

金碧辉煌的楼檐下悬挂着一排由各国国旗缩样构成的吊挂，寒风中就像魔鬼的牙齿。栏杆上横挂着一条“《书法报》报人书画篆画展”的白底红字横幅。再往下看是一幅蓝底红字的“货币大展”标语，下面庄严一如宫墙的红色基座上正中杂二岔三地悬挂着各色各样的圆形外币图案牌，就像贴了五块杂色的膏药，看了叫人不舒服。这幅杰作是谁的创作呢？红墙的左下方用白漆赫然写着主办单位：

武汉市黄鹤楼公园管理处

武汉市黑马广告艺术公司

这些“艺术”，从色彩、形式、内容或是风格，均同这红墙黄瓦、飞角流檐、典雅庄重的楼亭不和谐。策划人硬把它们捏合到一起，就像让孔夫子抹上口红，穿上“三点式”泳衣登台演讲一样滑稽。真是大煞风景，败人游兴。

无怪乎有游人说，这是一种破坏艺术的“艺术”。

这种破坏艺术的“艺术”，不仅是对我市文明形象的污染和败坏，也是对民族文化的一种亵渎。

注：原载于 1999 年 1 月 12 日《武汉晚报》第七版。

从保尔衡量人才观

《钢铁是怎样炼成的》电视剧的播放，使近于原汁原味的“保尔”走进现代中国的千家万户，走进了人们的感情世界和理性世界，并掀起了层层热浪。

这种“保尔热”引起了人们对目前流行的人才观的思考。

保尔没有令人头晕的官位，没有吓人的头衔。他只是沙俄时代社会底层贫苦家庭的一个普通孩子，只是苏联一个普通的红军战士，苏维埃的一个普通劳动者，苏共的一个普通党员。仅凭他的这种经历、身份和地位，在当今中国，想在人们精神世界里引起震动，并掀起滚滚热浪是不可能的。但“保尔热”毕竟已成事实，在我看来，如果归因于保尔身上散发出来的那种崇高的精神，和保尔在这种精神支配下所做出的卓越奉献，是比较合适的。保尔在每一个工作岗位上，都能做得比别人更好，表现出忠诚无私、英勇顽强、机智勇敢、爱憎分明的品格。他身上那种善良、正直、纯洁的品质终生都在闪烁，光芒照人。当年，正是因为有无数个像他那样的人，苏联的革命和建设才取得了辉煌的成就。这种人算不算人才？我看应该算。且不说他做出的可以看得见的成就和奉献，单就他身上所具有的人文品质，不就是人类的一笔可观的精神财富么？

然而，长期以来，我们一些人对人才观的评价，却是以头衔、官位和金钱为坐标。在学校的课堂上，“名”“官”“钱”成了鼓动学生追求高分、勇闯高考“独木桥”的唯一动力。这就形成了恶性循环：不同劳动阶层相互轻视，人们鄙视普通，追求头衔、官职和金钱。但社会的基础层总是庞大的，没有稳固的基础层，就没有安定的社会。普通的劳动者，尤其是像保尔一样的普通士兵、工人、农民等一切处于社会基础地位的劳动者，应该被纳入我们社会主义国家人才的圈子，他们应当得到社会的尊重和善待。

实际上，人才是多类型、多层次的。因为社会是由多个系统集合而成的整体，而社会又是有分工的。缺少了哪一个系统、哪一种工作，社会不仅是不完整的，也是不可能良性运行的。只要社会成员在自己的工作岗位上，像保尔那样，用我们人类特有的精神和品质，为社会的稳定和发展、进步而追求卓越、努力奋斗，做出了不平凡的成绩，就都是人才。无论他是高官还是平民，都应当得到社会的尊重和善待。

用保尔来衡量当今的社会人才观，就会发现我们一些人的人才观是多么狭隘。如果再抱住这种人才观不放，就违背了我们弘扬保尔精神的目的，更会冷落千千万万个已存在的“保尔”和正在成长的“保尔”的心。我们所从事的空前伟大的现代化建设及其目的就会蒙上一层阴影。我们的事业需要”保尔”，我们的理想不能没有“保尔”，而我们社会的人才观和价值观则决定着“保尔”的存在或消失。

注：该文原载于《洛阳日报》2000年5月15日第7版。

过　河

他们在青龙涧边不期而遇。

青龙涧，峰尖裁青天，涧峡流水急。

7月的涧河说涨就涨。他们头顶上蓝天一线，白云半缕，炎阳一轮，河里却浊浪滔滔，豹吼熊叫，气势骇人。水底那咔咔嚓嚓的声音是青石滚动的怨言，听来令人胆摇魄落。

他拾起一块碗大石头，扔进河里，意欲测试深浅。岂料，“咕咚”一声便没了踪影，溅起尺来高的水花眨眼间恢复了平静。就这，凝神望的她也被吓了一跳。

“哎呀！”她惊叫起来，“我以为你要去河伯家娶亲呢。”说罢，扑哧一笑，赶忙扭过脸去。

“还没定亲，咋能就去娶亲！人家要不愿意，还不白跑一趟？”他的情绪一下子被姑娘的话烧得红火乱跳，没有了拘谨的冰冷，充满青春阳光的双目聚焦在这位身着月白旗袍、身材秀颀的姑娘身上。

姑娘手里的小提箱引起了他的注意。

“看什么？再看可要收参观费了！”姑娘瀑布般的黑发轻轻地摆动了一下，随即发出几声哧哧的低笑，脸依旧扭向一边。

“我……”他没防被姑娘嗔了一下，讷讷地说。

“我……”姑娘学着他困窘的腔调，“投递员同志，若过不了河，你这到松溪峪的投递任务可咋办？”姑娘转过脸来落落大方地望着他，明眸皓齿，皎如朗月。

“过不了河？笑话！山松峰大伯还等着用‘乐果’给红果树治虫呢！四年前我来送大学录取通知书，水比这还大，又有狂风暴雨，我不照样过？这水……”他翘起下巴，一脸自信。

“靠什么？葛条？”

“要不是葛条断了，我也不会被河里的石头砸掉两个脚指甲。”

“这一回我给你找一样东西，包管结实。”

“啥？”

“你看——”姑娘扬起右臂，纤指指向此岸崖壁上的一架被当地人称作“青丝条”的青藤。“知道吗，这结实着呢。”说罢，姑娘像一朵月季花一样飘了过去。他还没来得及阻挡，姑娘已援壁牵藤，贴在了石崖上。

“哗啦”一声，姑娘连同被拔出根来的青藤一起跌落崖下。他急忙跑过去。

姑娘的臂肘被山石碰得鲜血直流。一滴滴鲜红的血滴在月白色的旗袍上，开出朵朵桃花。

“很对不起，让你……”他站在姑娘面前嗫嚅着，欲搀扶的手却停在了空中。

“没什么，一报还一报……”姑娘迅速站起身，边拍打身上的灰土边说。

“你是？”

“我是松溪峪的人，同山岳红是邻居。”

“山岳红今年该毕业了吧？也不知道她被分到哪儿去了。”

“咦——还挺关心她哩？怎么样？给你介绍介绍？小和尚水清河同志、省邮电学院的优秀团干？”姑娘半是认真半是打趣。

“我不过只给人家送过一份通知书，从未见过面，咋敢有那份奢望。嗯，你咋知道我的名字？”

“报纸上有名，电视上有名的模范投递员、市青年标兵，这百里大山中谁不知道！”

“哦——走吧，过河！”他接过姑娘手中的青藤，又从挎包中掏出“创可贴”递给姑娘，然后，向河边走去。两丈来宽的河对岸有一棵老松树，一根中断的树枝呈45度角向上翘着。水清河麻利地将青藤挽了个活套，坠上一片山石，向树枝抛过去，牢牢地套在上面，又使劲拉了拉。然后，对姑娘说道：“喂，我先过去了！”说罢，紧了紧身上的挎包，拎起姑娘的手提箱，紧跑几步，腾身荡过河去，稳稳地站在树下。他放下手提箱，顺手拾起一块石头，用青藤系了，一扬手扔过河来。姑娘探身接住也飘过河去。

水清河见姑娘已安全着陆，便拎起手提箱。

“走，回家！”说着，姑娘只顾往前走，似乎根本就没有把水清河以及他的殷勤放在眼里。水清河着了魔似的跟在后面。“喂，听说你爱好文学，我们来对对子怎么样？”姑娘头也不回地问。

“好啊!”水清河来了兴致。

“那好,你听着,咱就以过河为题。”姑娘清了一下嗓子,抑扬顿挫地念道:“青丝两丈打双结,二入飞渡青龙河,何必等水清河清。”说完,姑娘扭回头看了水清河一眼。他看到了一张火烧云样的面孔。他的脸也热起来。他略略稳定了一下情绪,说道:“赤心一片过千山,万里投递松溪峪,皆只为山红岳红。”话一出口,心里就涌出一股暖流,他很奇怪自己为什么会有这种感觉。他有一种泄露了心中秘密的惶恐感。于是,便不再说话。

姑娘也不再作声。

急促的脚步在幽静的松林里沙沙作响。听得见枯枝坠地、蜜蜂嘤唱和松林深处的鸡鸣。

“岳红,清河,你们——”山松峰大伯洪钟般的声音打破了空气的沉寂。

“什么,你就是岳红?”水清河惊愕了。

“如假包换。傻帽!”山岳红恢复了先前的活泼。说着,抢过挎包、手提箱就走了。

松峰大伯哈哈大笑起来,笑声在松林里回荡……

注:该文原载于2001年8月17日《中国邮政报》飞鸿文学副刊。

在通往光荣梦想的道路上

2001年的金秋十月，河南省洛宁县的大地上，稻谷金黄，苹果泛红，菊桂飘香。成熟，作为一种挡不住的宣示，给追求收获、付出艰辛的人们带来安慰和欢欣。

在洛宁县城东西主干道兴宁路中段北侧，洛宁县邮政局新落成的邮政办公大楼和综合大楼，头顶蓝天白云，一前一后巍然耸立。面街的是办公大楼，门庭处，高大的八根柱子分四组兀立于花岗岩底座之上，撑起欧美式建筑的庄严，也把绿衣天使们服务人民、服务社会、不畏艰难、负重开拓、二次创业、再铸辉煌的精神、品格展现给世人，建筑风格和人文精神完美、生动地结合在一起。大厅两侧新贴上的红纸白字的对联，在这新楼启用、开业庆贺的鞭炮声中则起到烘托吉祥、装扮喜庆、吐露心声的点睛作用："你家我家他家亲如一家，家家思改革；天心党心民心合为一心，心心盼发展"，横批是"团结奋进"。这一切，都同局长曲保振的构思有关。这位被河南省邮政局杨海福局长视为一员虎将的曲保振，此刻却站在六楼窗前，透过宽大明亮的玻璃窗，望着天边的远山。远山上一抹微云在飘移。他在想什么，在这个时候？

他是在回顾分营初期无生产场地，缺交通工具，局里身背300万元债务时那种一穷二白的沉重，还是在遥想三年来以改革为动力，以发展为中心，以服务为宗旨，以强化管理为手段，以增加效益为目的和同志们一道奋斗拼搏，开拓奋进的战斗历程？是在构思未来壮丽的蓝图，还是在体味那位亲和却不失威严的杨局长要他把自己培养出的"洛宁精神""发扬光大"的话语？这没有人知道。他就是这样一个人，每逢难事往前冲，一遇喜事爱静思，这是几十年的习惯了，没有什么力量能改变他。

在他的视野里，一只苍鹰在蓝天上盘旋，盘旋在城市的上空。他陡然转身，铺纸提笔，在办公桌上写下这样几句话："浴火更生绘新天，千难万难只等闲。心系民族图复兴，利归天下问钓竿。”写好后，他歪着头端详一阵，笑了。

夜幕降临。邮政大楼被五颜六色的霓虹灯装扮得金碧辉煌，就像一只耀眼的彩凤兀立于黛蓝的夜空下，成为县城一道独有的风景。

休闲的人们在光晕里观看着、指点着、议论着：

“邮政局能有今天，不容易啊！”熟悉内情的人说。

“入世后，让洋人也看看，咱这国家级贫困县也有这等建筑！”一群小青年自豪地说。

“听说咱们局各项业务指标增长，今年又有可能名列全省上游啦！”“肯定！”邮政局的职工们如此说，话语中充满自信和喜悦。

一

有人说，信赖，尤其是领导者给人的信赖，能产生凝聚力、向心力和战斗力。

事实正是如此，至少，在洛宁县邮政局是如此。

世纪之末，人类生活的这颗星球发生的变化之快，范围之广，深度之大，简直令人不可思议。这不，中国邮电为适应信息技术日新月异的变化和国际市场竞争加剧的挑战，分营终于在1998年9月变成现实。

1998年9月30日，洛宁县城那条绿树掩映的东西主干道上，锣鼓喧天，彩旗飘飘。洛宁县邮政局60名男女职工着装统一，身披彩带站成四路纵队，举着写有“企业靠我发展，我靠企业生存”字样的15米红色横额，在明丽秋阳的光照下，神色庄重地有序行进……

这是照相机摄下的历史档案，记载着洛宁县邮政局正式挂牌营业的历史场面。

当时，很少有人知道这些邮政职工内心翻滚着的激浪狂涛，很少有人留意他们眼眶里随时都可能涌出心泉清流的潜在事实，很少有人清楚在队伍中行进的一些女同志是擦罢眼泪走进游行宣传行列的。这些，曲保振却最清楚。

曲保振，这个看上去不过四十左右的中年人，乌黑的头发梳成偏分，斜掩着高高额头的三分之一，黑亮的眸子时常带着沉思的神情，举手投足稳健而利落，说话言谈总给人以温暖而亲和的感觉。如果单从他的身着打扮上看，一般的百姓会以为他是一位普通的邮政职工坐在局长的办公室，一边等局长一边同你兄弟般地谈话。但从他问话的着眼点、语言的明快与准确性来判断，又会觉得他是位有着强烈的平民意识的级别不低的干部。正是这些特点，反映出他丰富的经历和阅历。他从 1976 年起，开始在乡下干话务员，练出了语言准确、语气亲切、态度热情的话语交往能力；1980 年起又做发行员的工作，实践成就了他细心、认真的素质。后来，组织上又安排他担任会计、财务股长、办公室主任等职，使他的经营管理和行政、协调和文字表达能力得到锻炼。这些经历为他后来担任邮电局主管电信副局长、主管邮政副局长、邮政局局长积累了充裕的能力资本，造就了他不同于许多人的领导风格。无论在哪一个工作岗位上，他干得都很出色。尤其是他和同志们的关系都相当融洽。一位从邮电学校毕业分配到洛宁邮政局的职工，在发表的一篇散文中这样写道："由于他是由基层一步步被提拔起来的，对基层各个岗位的工作职责、技术内容、酸甜苦辣有着深刻的体验，因而对下级的工作指导、思想说服，总能收到春风化雨、润物吐华的功效。"他就像一位宽厚友爱的兄长，同事们有事无事爱找他聊天谈心，收获精神上的快感。因此，他走到哪里，哪里就是一片欢笑，就似春风走近林苑，树也点头，花也含笑，水也泛歌。他成为同志们心中的一面旗帜，一面信赖的旗帜。他不喝酒，不打牌，有事干工作，无事爱看书，间或还喜欢拿起笔来写诗作文，为社会创造一些精神财富。《河南商报》《洛阳日报》《洛阳邮电报》上发表过不少他的作品，于是，他便走进了河南邮电报社的新闻队伍。

1998 年秋天，邮电分营的风声同秋风一样越刮越紧了，刮得人心像竹叶般打摆。许多职工找他谈心、交流看法，他总是安慰大家："合是需要，分也是需要。变化是常格，而发展就是变化。只要有爱岗敬业的精神，有开拓创新的能力，总会有适合自己生存发展的土壤。无论如何，分营不能分心。从现代化建设的大局来看，电信、邮政都是一家，都是社会主义事业，人民的事业，干啥都是干社会主义！"听他一席话，同志们都像吃了定心丸，开心地笑了……

分营终于变成现实。

1998 年分营的时候，邮政局没有属于自己的工作和生产场地。栖身之地是暂借电信局的旧房。分到的车辆与生产需要不相适应，分得的 300 多万元全是债务；分到邮政局的职工中没有一个正牌大学毕业生，都是初、高中以下学历。在一些人眼里，到邮政局工作算是倒霉透了，邮政局今后的光景不好过了，倒闭的阴影就要压过来了！一种失落感笼罩着不少人的心和眼，心地暗淡，眼神蒙眬。那些在分营时被分开的父子、兄妹、夫妻们，觉得说分就分，一夜之间变成了两家，从此便要各用各的"炉灶"，各过各的"光景"，心中很不是滋味。是啊，长期以来干邮电工作结下的那份如同左手和右手配合默契、不分彼此的习惯骤然让改变，难免有一种单衣当风的凄凉在心头。许多女同志哭了，不是为分得的东西少，债务多，而是为“舍不得分开”而哭。

“……大家的心情我理解。大家不愿意分开，说明我们的邮电事业是有凝聚力的。我们邮电职工是团结的！但是，根据需要，邮电部门一分为二也是好事情啊，同志们！它说明社会主义现代化建设事业发展迅速，说明我们应对经济全球化的挑战而进行的改革是具有超前性的，说明我们邮政企业独立参与市场竞争的能力是强大的，说明我们成熟了！弟兄们大了，再亲，也还是要分开过的嘛！今后，我相信，邮政、电信还会在党的领导下保持并增进手足般的血肉亲情的。”

“目前，邮政方面的资金、设施和人员等条件是差些，但是我们也有自己的有利条件。这个有利条件就是我们有百年邮政的品牌和光荣传统，有大家爱岗敬业无私奉献的精神，有敢打敢拼的实干精神，有重情感、求团结的良好心理素质。有了这几条，人就能够成为最宝贵的财富。有了这几条，我们就能在一张白纸上写出最新最美的文字，绘出最新最美的图画，实现我们‘一年打基础，两年上台阶，三年大翻身’的二次创业目标。我保证，分营后我们大家的工资只会高，绝不会降低，我就是颠倒下井，也要做到这一点……”讲到这里，会场上爆起一阵热烈的掌声。这掌声是对领导的信任和拥护，是对决策的认同和赞扬，是邮政职工对未来的希望和期盼。

“同志们，”曲保振接着说，“也许有同志要问，现在连办公地点都是人家的房檐，债台高筑，你咋保证工资不会降低？你去哪里弄钱？单靠我一个人当然不行。但是，我们有党的政策，社会、经济大发展需要这个大市场，有全局邮政职工五十多年来全心全意为人民服务的过程中构建的邮政网络，建立的广泛而良好的社会联系，获得的良好信誉，还有我们同心同德干事业的决心。这本身就是可靠的财富资源。只要我们按照以转变观念为先导，以深化改革为动力，以强化服务为宗旨，以加强管理为手段，以争取效益最大化为目的的思路顽强拼搏，三年头上，邮政局必定大变样！变不了样，我自动下台。我的口号是：企业靠我发展，我靠企业生存！同心同德，敢打敢拼，哀兵必胜！”

他的话音刚落，会场上响起了久违的山呼海啸般的口号声：

“企业靠我发展，我靠企业生存！”

“同心同德，敢打敢拼。哀兵必胜！”

口号声飞出窗户，飞向灯火辉煌的县城上空。

洛水涛声在应和，群峰的松涛在伴呼！

口号声是激情的宣泄，是决心的表达，是力量的迸发与凝聚！

分营的沉重没能压倒这群绿衣天使。为庆祝邮政局正式挂牌后迎来的第一个世界邮政日，为树立邮政新形象，10 月 8 日这一天，全局职工们写标语，制横额，做版面，扎彩车，一直忙到深夜 12 点。

从崤山、洛水吹过来的风已颇有几分寒意。局领导们要请大家上街吃夜宵，同志们说："能省点就省，在咱食堂里烧点开水，泡包方便面吃吃身上不冷就算了！"

看着这情景，听着这话语，曲保振心里暗暗说道："行！有这股劲，哀兵必胜！"

同志们散去了。城中的车、灯、人大都已闭上了眼睛，进入了梦乡。而曲保振办公室的灯光却亮了个通宵。

当晨曦临窗时，他归拢了一下办公桌上刚写完的"洛宁县邮政局三年工作规划"草稿，站起身来，伸了个懒腰，笑了……

二

1999 年 7 月 12 日。河南省嵩县白云山，丽日蓝天，翠峰飞流，天气似金秋般清爽。

全省邮政企业改革经验交流会在白云山宾馆二楼会议室召开。窗外，飞瀑鸣琴，林涛品萧，几声黄鹂远近，几丝白云弋空……

"国家级穷困县洛宁邮政局曲保振同志发言。"省邮政局杨局长点将了。

曲保振听到省局领导指名让自己发言，一向沉稳的他竟有些慌乱起来，并不是因为这是洛宁邮电建局以来第一次在省级会议上发言有些兴奋和怯场，而是他根本就没有准备，也压根没想到能让自己发言！

他边向主席台走边思考，究竟讲些什么？怎样讲？他大脑的思维程序在高速运转，分营半年多来的经历像快速播放的电影一样"刷刷刷"地在眼前一一掠过。

那是 1998 年的第一场雪。窗外的天地被飞雪粉成一派朦胧。在洛宁邮政局第一次职代会上，全体代表踊跃发言，热烈讨论职代会章程中关于职代会同局长的关系，职代会和局长两者各自的职权和责任，义务、劳动合同、"双保合同"签定，生产目标、福利目标的设定程序等问题，场面十分动人。班子成员们说："穷则思变,变就是发展,就是改革。为了发展和改革,我们这些人就是奴仆,全体职工就是上帝。为大家服务好,就是我们的责任和义务!”职工们说:“一穷二白怕啥？共产党人闹革命,搞建设,不都是从一穷二白起家的吗？为咱局到三年头上能变个样,再苦再累,我们都认了!”就是在这样的气氛中,《洛宁县邮政局增强信心,努力拼搏,开创邮政事业发展新局面》的改革方案获得通过,《服务、质量和安全奖考核办法》《竞聘上岗、末位淘汰制实施方案》《民主评议干部办法》《医药费管理办法》等配套制度同时出台,“双保合同”“安全工作责任书”等劳动契约当即签订……

这是一项任务艰巨的系统工程,是对人事分配制度的重大变革,是管理思想、经营观念、核心理念的巨大转变,是启动发展动力的引擎之钥。

为保证干部的思想稳定和斗志旺盛,曲保振和班子其他成员苛刻地约束自己。隆冬腊月去省会开会,为节省开支,四个人住一个三人间,同志们争着睡在地毯上,没有谁提出再去另外登记一个房间。大家知道,只有为政清廉,说话才有人信,有分量。

职工们谁家有了红白喜事,他和同事们必定先到场,帮助安排,解决困难;职工们有病住院,班子成员前往探望,买的礼物,谁也不曾开口叫报销;职工们生日,局里安排庆贺,以示关怀。可别小看这些“细枝末节”,它们可是干部职工相互走进对方心灵的桥梁,是领导者管理思想中人性假设的宣示牌,是每一个基层管理者具有吸引力的“磁性”积累啊!

新的用工制度实行以后,领导班子内部大家有一个约定:谁也不准私自安排人员上岗。招聘人员,必须进入公开、公平、公正、竞争、择优的选拔程序。局里首次招聘 6 名投递员,那天考试竟然用车拉上应聘人员在城里城外转来转去,甩开了所有的“热心人”。最后把应聘、监考、阅卷人员一起拉进考点——新城小学大门落了锁!等开门出来时,考试分数排名榜已抄在了大红纸上,往大门口一贴,招聘人员名单同时也就确定了!

实行竞聘上岗、末位淘汰制后,1998 年底有四名所级负责人落聘,一位职工被淘汰,可他们却对自己说:局长,我们心里可没半点怨气,只感到有压力,还有一种推着我们必须往前走向上走的动力!

最难忘的是,许多同志为确保任务完成,竟能下那么大的功夫!邮政班长鲁海花、封发员廉金显两位同志拉着磅秤,上门收寄商函、商包 5 次,收入 8964 元;邮储一所主任李晓冰,为完成储蓄余额和活期比例,利用业余时间和节假日上门劝储，仅11月份就增加邮储余额47.3万元，全年净增289万元！东宋储蓄所主任梁应民听说同乡收到一位亲戚新从美国寄回的3万美元的汇款这个消息后，3次上门协储，又是帮助干家务，又是帮着人家办喜事，终于感动得这位同乡去洛阳把美元兑换成人民币存入他的储蓄所。这样的人多了，像王万里、刘建军、雷彩霞、张寸峰……

记得他和同事们在刚刚向市局交纳了6000元责任目标保证金后，局里又开始交纳生产合同保证金，局长是2000元，二级机构负责人是1000元，职工们是300元。当时他家里经济也十分紧张，孩子要交学费，妻子要到外地进修学习，老母脚脖骨折住院，要钱的不打一处来。没办法。只好去求亲告友借款了。孩子说："爸爸，当局长还出去借钱真丢人！"妻子则说："无论如何咱必须走在职工前头！"出门借钱的那天晚上，天又黑又冷，腿好沉啊……钱，按时交了，所有人的钱，都按时交了。虽说自己受了点紧张，但全局的工作上去了。这年虽然独立运营只有三个月，但业务收入、经营指标月月有提高，全局98%的同志都超额完成了工作任务。

"各位领导，各位同志！"曲保振站在发言席上，面对全场与会人员说道，"洛宁是个贫困县，人均年收入不过千把块钱，我们局的业务收入总量实在不敢同先进的兄弟局相比。让我再谈什么经验，也实在没有可谈的。如果说，在稳定队伍，深化改革，打好基础方面有什么可提一提的，都写在了材料上，我也就不再赘述了。总之，分营后的工作是在省、市局领导的指导下，因地制宜吸收兄弟局的经验做法依靠全体干部职工努力拼搏干出来的，至于我个人的作用，只不过是上传下达而已……"曲保振极力淡化自己的作用和成绩。

杨局长最后说话了："同志们，洛宁一个贫困县的邮政，能使自己的各项工作指标增幅走在全省前列，凭什么？凭的就是团结奋进、改革开拓、顽强拼搏的精神，该局已经形成的'有为才有位，爱岗才有岗，敬业才有业'的企业文化和培养起来的能力至上的核心理念，是我们建设现代企业制度可资借鉴的先进意识，值得提倡和发扬光大。如果每个局都有洛宁人的这股干劲，这种精神，这种文化理念，我们全省邮政系统的形象就不会只是现在这种状态，就会是另一番景象，我们的事业就会更加兴旺发达……"

听着杨局长的赞许，曲保振心里又在勾画着新的发展蓝图，攀登新高度的决心更加坚定了。他人在会场，心却早已飞回到了洛宁……

三

2001 年 2 月 11 日，曲保振坐在办公桌前准备起草 6 天后局职代会上的工作报告。

在他的面前，分营后历次职代会的文件摊成一个书摊，尽管各项工作及其他完成指标他都能够一字不差地倒背如流，但出于习惯，他仍然要一份份地研读、体悟……

1999 年，全局邮政收入完成 312 万元，完成年计划的 112%。同比增长 63%，在全市名列第二；邮政储蓄余额年净增 2000 万元，完成市局下达计划的 182%，报刊流转额完成 154.5 万元，完成市局下达计划的 120.70%，新开办的报刊零售、运递汇款、代理保险业务均取得明显成效。新建生产用房 180 平方米，3 套储蓄微机、电子化处理系统和绿卡工程也安装完毕，投入使用。这一年，精神文明建设也成就不俗，被省、市有关机关授予了“文明单位”“卫生先进单位”“综合治理、安全保卫”等五个光荣称号。当年提出的“一年打基础”的目标已经实现。

2000 年，邮政业务量完成 318.83 万元，完成年计划的 106%，同比增长 29.71%，邮政业务收入完成 430.51 万元，同比增长 36.31%，全员劳动生产率达到 5.7 万元，同比增长 43.31%，经营结果比上年减亏 73.4 万元。邮政储蓄余额达到 8364 万元，比上年净增 1859 万元。新增固定资产 130 多万元，其中，邮政办公大楼和综合大楼已开工建设，改造了 7 个邮政所的生产专场。全年未发生通信、生产、安全事故，被市局评为“综合评比先进单位”。“二年上台阶”已变成无可争议的现实。

望着这一串串令人鼓舞的数字，曲保振仿佛听到了一串高亢明亮的上行音符，他的精神也亢奋起来。他想，省市领导期望的“发扬光大洛宁精神”该如何具体操作呢？下一年的目标该定多大？本次职代会上报告中口号该怎样提？他不由得瞟了一眼几年来工作报告的标题：

1999 年：《增强信心，努力拼搏，开创我县邮政事业发展新局面》。2000 年：《团结拼搏，励精图治，为新世纪洛宁邮政发展而努力奋斗》。“行！依着这个思路写！”

他拿起笔来，在稿纸上写下了一行飞扬的标题：“强力发展，创业增效，为打好洛宁邮政局翻身仗而努力奋斗。”很明显，他是把 2001 年的工作看成了“三年大翻身”大变样的决定战役来对待的。

“这个目标能实现吗?”他在心里问自己。有人说我们的工作干劲是像拧钟表的发条一样拧上去的,言下之意就是人的“能力”是有限的,达到一定的限度就应该适可而止。“错!”一个声音告诉他:人的需要是不断变化的,需要满足的程度是无止境的。这就为人们的奋斗提供了主观上的动力。与之相适应,人的能力也在这种动力的驱使下得以不断增强与提高。人类发展的历史不就是一部能力的发展史吗?

想到这里,他更坚定了自己“大打翻身仗”的信心。

一个科学的口号、一种正确的想法往往体现着领导者的信心和魄力,成为整合被领导者信心和能力的有效手段。曲保振三年中不断提高自己的目标,这从他的工作报告中可以看出来。每年工作目标的完成事实证明,他的决策是正确的。

这一年的具体目标他是这样设定的:邮政储蓄余额突破1亿元大关,邮政业务收入突破500万元,报刊流转额达到190万元。相应的措施是:舞活储蓄这个“龙头”,进一步加大改革力度,强力全面推行管理岗位、生产岗位的竞争上岗制度,彻底打破干部与职工、正式与非正式职工和委代办人员的界限,实行末位淘汰制,按能力用人,按政绩用人,为每个人最大限度地开发潜力提供公平、均等的机会。在业务上,以开展劳动竞赛的方式提高劳动强度,舞活邮政储蓄这项“龙头”业务,进一步扩大服务项目和档次,开拓市场,争取效益最大化。

这几招也还真灵。截止到6月底,邮政业务总量已完成323.45万元,占年计划的55.77%,邮政业务收入完成265.04万元,完成年计划的53.01%,同比增长39.63%,邮政储蓄余额达到10524万元,提前半年突破了亿元大关;上半年净增2160万元,完成年计划的103%,报刊流转额达到192万元,完成年计划的101%。各项指标增长率高于全国邮政15%的增幅。洛宁县邮政工作甩掉了“贫困县邮政”的落后帽子。

具有欧美式建筑风格的七层办公大楼的落成,标志着“使洛宁县邮政局成为一个设施完备,网络健全,市场广大,机制科学,资源配置合理,运行良好的现代化企业”的建设目标已基本实现。

无怪乎曲保振在开业庆祝的鞭炮声中站在顶层办公楼内会激动不已地写下“浴火更生绘新天”的诗句,并表达出自己那种春来丛中笑的“利归人民问钓竿”的超脱心态。

曲保振的光荣梦想已经实现。

在通往光荣梦想的道路上,曲保振和他的同志们以改革为动力,培育出了一种崭新的精神,一个崭新的企业,表现出共产党人特有的忠诚和无私,智慧与勤劳。

四

一个晴朗的下午,金色的秋阳从邮政局办公大楼局长办公室的后窗上斜射过来。一道瀑布样的阳光似舞台上聚光灯般照射在坐于办公桌后面沙发靠椅上的曲保振的头上、背上、肩上,把他装扮成一尊金色的雕塑。我坐在他的对面,望着阳光的这幅杰作,开始了最后一次采访:

"曲局长,当初你在全局职工大会上把话说得恁结实,一旦实现不了你那'三年大翻身'的目标你真的会自动走人?"

"我们共产党人既然是人民根本利益的代表,而且只是代表,自己说过的话就一定要办到,办不到就失去了当这个代表的资格,还有啥理由赖着不走!"曲保振说,稍停他又说:"我们有党的领导,有全体职工的支持,有广大待开发的市场,这事还能干不成?干不成的,不是懒,就是贪!"

"分配制度的改革,末位淘汰制的实行,都是直接牵扯到每一个干部职工经济利益和生存状态的大问题,一些单位的领导因此还有遭报复、挨打的,而你们却能平平稳稳、顺顺当当地搞成,究竟咋回事儿?"我再次问道。

"公开、公平、公正、廉洁,既是改革的目标,也是改革的原则,更是自己最有效的保护伞。"他说。其实还有一点他没说,那就是人们对一个基层领导的高尚人格所产生的信赖效应。

"人民的利益是党和国家给的,是制度给的,是自己挣的,绝不是哪个人赐予的。只要向人们讲清政策、程序和办法,不掺杂任何私人恩怨,'君子之交淡如水',朋友不愁没有。要说没有,那只能是一种有意的错觉!"

电话铃响起来,他起身拿起电话,像是面对首长的提问:

"曲局长吗?"

"我是保振。"

"我结婚日子定在明天,你……"

"我们班子几个人晚上 7 点半准时赶到你家,如何?"

听到这亲切的交谈，我已体会到他和同志们的友情，一种包含着信赖和甜蜜的友情。

我骤然合上了本子和那颗多余的心。

注：该文收录于2002年10月北京当代中国出版社出版的“光荣梦想”丛书。

向应试教育开刀

素质教育是培养高素质人才的必然选择。中共中央国务院关于素质教育的指示已形成文件广为宣传。积极推行、全面开展素质教育的观念已深入人心，日益成为全国人民的共识。但是，一些地方的个别小学领导人，在如何对待素质教育这个问题上却不能同中央保持一致，仍在死抱住应试教育这根“冰棍”不放。其所谓“冰棍”，是因为他们从一己之私利出发，采用强迫低、中年级学生留级，减少高年级人数的做法，为争取“高升学率”而获奖创造条件。这样，一方面低年级学生人数过多，挤得教室“人满为患”，另一方面，高年级教室的学生却寥若晨星。一方面是被迫留级的学生身心受到摧残，另一方面是个别高年级学生相对能考出个别高分。一方面是高年级教师轻松受奖，“露脸”，另一方面是低年级教师负荷重，压力大，无法同高年级教师获得平等的机会去争取相应的物质和精神利益。这造成了校与校、教师与教师之间的相互蔑视，合作不力，影响教育、教学工作顺利开展。尽管学生、教师和大部分学生家长，甚至于有关行政领导也对此提出过忠告，但个别小学领导人依旧我行我素，不予理睬，并以“我要维护学校声誉”来辩白，混淆视听。调查表明，某所希望小学1998－1999学年，一至五年级学生人数之比分别是51∶43∶36∶32∶22，年级越高人数越少。这是造成学生失学和辍学的直接原因之一。单纯的应试教育和追名逐利思想观念，使该校教育不能面向全体学生，适龄儿童的基本学习权利遭到相应侵犯，学生的身心健康得不到生动活泼、积极主动的发展。这种状况若继续存在下去，误国害民的结局是不可避免的。“希望”小学将变成“失望”小学。

向上述这种应试教育开刀，已是痛下决心的时候了。

诗歌王国里的中子星爆

《孤独的小岛》这篇由高岩先生创作的诗剧，在红袖添香电子网页上发表，给疲软的诗国带来一声日颤星摇般的巨响，就好似中子弹的强爆，是爱好诗歌的人们千年的期待。它告诉人们，真正的文学终于在长久的沉默之后，以无可遏止的强力爆炸了！中华民族的诗歌似涅槃的凤凰在物欲横流的风浪中重生了！

《孤独的小岛》，以一个觉醒了的民族宣言书的形式，把我们这个民族的性格、精神、文化展示给世界。在全球化浪涛里，它岿然不动，以自己冷静的理性思考，以自己厚德载物、和合包容的博大胸怀，对自己曾经的苦难历史、艰难的奋斗历程、甜美却又辛酸的理想追求，对充满血污的战争，对难以驾驭的人类未来，都给予了烛微探幽但又明白无误、不卑不亢的评说与诉说。这个诗剧所涵盖的内容，似《天问》却问而有答，如《神曲》但多有理智而聪睿的思考。说它是觉醒并已傲立于世界的中华民族的宣言书，实不为过。

诗剧文本不都是供演出的。《孤独的小岛》这个诗剧就是供读者放诸案头阅读的那种。"孤独的小岛"它就是兀立于全球化大潮中波峰浪谷间的中华民族文化，它受全球化竞争的影响，但不为其所左右，它是中流砥柱，岿然不动，根扎磐石，百力难磨。"孤独的老人"既是小岛的守望者，又是小岛的建设者，是中华民族精神的象征。同时，它又是民族文化安全的捍卫者和民族文化发展的奉献者，见证者。诗剧的线索是老人思绪的程序，也是宣言书表达的次序。诗剧的语言风格，可以说是融古今中外百家之长而自成一格。这就是有人说它直白，有人说它朦胧的缘由。它的许多别致的句式，绽露出诗人的创造才华，这是我们读来常有耳目一新感觉的原因。

久违了黄钟大吕，而今终得一见，厌烦了奶声嗲气，而今终被横扫。伟哉，《孤独的小岛》，壮哉，《孤独的小岛》！

孤独者，世俗之不识使然；小岛者，胸怀博大者之所见也！

注：读高岩先生（吴兴民的笔名）《孤独的小岛》诗剧，为其厚重和大气所震撼。激情难抑遂端坐电脑前，信手输入成文。虽语言措辞不佳，但情真言实，为心声也。该文原发表于电子网络红袖添香网页，署名洛龙风（洛龙风为作者笔名）。

下卷·论文

试论屈原的人格魅力

[摘　要]屈原作为我国战国时期一个失败的政治家和伟大的爱国主义诗人，两千多年来，他的理想人格一直具有强大的引人注意的力量。他的人格魅力就蕴含在他追求探索、九死不悔、爱憎分明、扭转乾坤、强国裕民等人格因素之中，而能力本位则是其人格魅力的核心。

[关键词]人格魅力　理想人格　魅力因素　能力本位

屈原，作为我国战国时期一个失败的政治家和伟大的爱国主义诗人，无论是在中华民族的文化史、文学史，还是在道德评判体系中，都占据着衣被千古的重要地位。从孔子、司马迁到李白、杜甫、范仲淹、龚自珍，甚至近现代的一些政治家、文人学士，以至普通老百姓，都从屈原的人格中汲取塑造自我、完善自我的精神能源。可以说，屈原的人格成为中华民族品格形成和发展的重要资源。在世界文明史上，随着1953年“世界和平理事会”号召全世界人民纪念四大文化名人①倡议的提出，屈原的人格魅力也具有了世界性，并且确立了他文明标志式的地位，因而成为人类的一笔不可无视的精神财富。

随着改革开放的深入，随着全球化所引发的文化竞争的加剧，以及所带来的中西文化碰撞与融合现象的发生，中华民族文化的整合与分化也成为一种不可阻挡的趋势。为使这种趋势朝着有利于提高我国的综合国力，有利于增强民族文化的生存力和竞争力，有利于提高全体国民的素质，有利于实现中华民族的伟大复兴的方向发展，对我国古典文化尤其是长期以来在中外都具有强大的吸引力的文化资源，特别是人文资源进行一番刨根究底式的打量和按照时代要求进行全面的理性梳理，已成为当务之急。对于屈原的人格魅力进行新的审视和评说，就应当成为应对这种当务之急的必需。

再者，两千多年来，人们一方面被屈原的人格所吸引，并以这种人格为参照塑造着自我，另一方面却对屈原的人格有着不同的理解和汲取。司马迁称他“……濯淖污泥之中，蝉蜕于浊秽，以浮游尘埃之外，不获世之滋垢，皭然泥而不滓者也。”[②]从而热情赞颂屈原“虽与日月争光可也”。班固却从汉儒的正统观念出发，称屈原“露才扬己，竞乎危国群小之间，以离谗贼。然责数怀王，怨恶椒兰，愁神苦思，强非其人，忿怼不容，沈江而死，亦贬絜狂狷景行之士。……谓之兼《诗》风雅，而与日月争光，过矣”。[③]而今《狂与逸》一书的作者张节末博士却据屈原有异于孔孟“轻君”的人格而偏重于忠君人格，说“屈原之忠君则不免有几分妾妇之道的品格”。[④]当然也有人说屈原是一种“蜚怨人格”。就目前手头所拥有的材料来看，古今人们对屈原人格的理解就有六七种。对于一个全民族乃至全世界都为其所吸引的伟大人物的人格竟有如此多的不同评定，显然这是不利于我们以屈原为榜样来整合全民族的道德品质的。

我认为，以上几种看法，都忽视了一个问题，即屈原人格的出发点究竟是什么？而对这个问题的解答却是理解屈原人格及其人格魅力所在的锁钥。本文试就这个问题，对屈原人格的几种评价进行比较分析，对屈原人格的要素和魅力作一探索性的挖掘。

一、屈原的人格对后世产生的影响

屈原对后世的影响无疑是巨大的。

但是，屈原是以什么对后世的哪些方面产生了巨大的影响？这却是一个值得深入探讨的问题。

《中国文学史》第一卷第五章“屈原在文学史上的地位和影响”中这样写道：“……屈原以他爱祖国、爱人民的高贵品格，以他创作的光辉灿烂的诗篇，对中国人民的精神面貌，对我国文学优秀传统的形成产生了极大的影响，在我国文学的发展上有着崇高的地位。”很清楚，在这里人们认为作为一个伟大爱国诗人的屈原是以其“品格”和“诗篇”对后世人民的“精神面貌”和“文学优秀传统的形成”产生了影响。他对文学的影响暂且不讲（因为这不是本文所要讨论的内容），单就他对后世人民的“精神面貌”的影响来说也确实是巨大的。众所周知，“精神面貌”指人的意识、思维活动和一般心理状态的外显景象与状态。据此，我们可以从历史和现实中找到屈原品格的影子。“千百年来，在人民反抗强暴，维护正义，维护祖国尊严的斗争中，我们也看到了伟人精神的再现”。尤其值得一提的是一些进步的文人、作家，都不同程度地受到屈原爱国思想的影响，在对待国籍的态度上表现出“宁为玉碎，不为瓦全”的无比爱国之情。现代作家老舍，当日军占领济南以后，他宁愿饿得“看见石头也想啃两嘴”，也不愿为日本人做事“安享福贵”。教授和文学家朱自清先生“宁愿饿死，也不吃美国人的洋面”。郭沫若为了民族的解放和祖国的新生，别妻离子，离开日本，毅然回国，投身到血与火的民族解放斗争之中。为了回到祖国，钱学森不惜以倾家荡产和作践生命的方式来欺骗外敌而投奔祖国怀抱。革命先驱李大钊，在不得不离国远去的时候发出了“去国徒深屈子恨，靖氛空说岳家军”的深情咏唱。这一切都说明，屈原爱祖国的痴情赤心，成为后世人们谨遵躬行的崇高遗则。

屈原在他诗中流露出来的“爱人民”的思想也对后世产生了深远的影响。不仅有许多诗人都把关心民生疾苦，同情人民苦难作为自己写作的重要主题，而且还以自己特有的方式为人民做出力所能及的贡献。像曹操、杜甫、白居易等都是这方面的代表人物。更有为了人民的利益而抛头颅，洒热血的仁人壮士，宁愿牺牲自己的利益和生命，也不背叛人民的利益。像历代清官包拯、海瑞，民族英雄岳飞、林则徐等人就是，而焦裕禄、孔繁森、张华、徐洪刚等等灿若星辰的人们，也是这样的人，他们表现出来的品格和精神，同屈原是一脉相承的。

屈原坚持理想、九死不悔的执着精神，更激励着许多中华儿女去为真理、为科学、为正义而舍命拼斗，鞠躬尽瘁，死而后已。这中间有“身受腐刑，而著史记”的司马迁；有受黜长沙“造托湘流，以吊先生”的贾谊；有身残志坚著书不止的史铁生；有为了真理和正义决不向邪恶低头的张志新等仁人志士。他们或引屈原以自励，或追伤屈原以自喻，总之，屈原的气节、精神在激励着后人，确是一种无可更改的历史事实。

屈原的“恃才傲物”的“倨傲”，更为后代读书人崇尚知识、崇尚才华、傲视权贵的品格开了先河。在“家天下”的古代，在以“血缘本位”为核心理念的封建时代，这种“恃才傲物”应该说是文人们把能力看得高于一切的外在表现。诗仙李白“安能摧眉折腰事权贵，使我不得开心颜”，龚自珍“毋劳上相损宵眠”的桀骜之姿应该说同属此列。

屈原的忠君思想对后代的影响显而易见。宋代的范仲淹“居庙堂之高则忧其民，处江湖之远则忧其君”的真挚宣告，可以说是自己仿效屈原的一种黄钟大吕般的洪亮誓词。

屈原无论受到多么严重的打击，遭遇什么样的不公正待遇，他也不肯背弃祖国，远走高飞，其眷恋故乡的情结，成为中华民族向心力形成的一个重要因素。在十年浩劫中，许多老干部、老红军、科学家、艺术家、文学家，尽管受到了非人的折磨，然而，他们始终未改忠于祖国，忠于人民的初衷，而后又一往情深地投入到祖国建设中忘我地工作，默默地奉献，成为屈原精神的时代化身。

综上所述，屈原对后世的影响主要是他的爱祖国、爱人民的思想，九死不悔、坚持理想的执着精神，能力至上的先进理念，忠贞不贰的道德情操。正是这些，构成了屈原的人格和人格魅力。我把屈原的这种人格称为“理想人格”，即在任何情况下，个体均显现社会群体的利益目标，并具有独特的行为方式的心理性格机制。

但是，现存的一些对屈原人格的评价却与这种“理想人格”说大相径庭，并影响着人们从屈原的人格中汲取道德资源，因此，有必要将它们做一番比较分析，以便发现对屈原人格定性中的差异，确定屈原人格魅力之所在。

二、对屈原人格不同说法的比较分析

对于屈原人格的评定，有三种说法值得注意。

其一，是司马迁的“蜚怨说”。他在《史记·屈原传》中这样说：“屈原正道直行，竭忠尽智以事其君，谗人间之，可谓穷矣。信而见疑，忠而被谤，能无怨乎？……濯浊污泥之中，蝉蜕于浊秽，以浮游尘埃之外，不获世之滋垢，皭然泥而不滓者也。推此志也，虽与日月争光可也。”在这里，司马迁把屈原遭谗被逐，途穷生怨视为“皭然泥而不滓”的原因，亦即是屈原的“皭然泥而不滓”是由于屈原的“遭谗被逐，“途穷生怨”。他把屈原坚持理想、九死不悔，宁愿“愁苦而终穷”“重昏而终身”也不“变心而从俗”的执着追求，坚持原则和真理的伟大精神和峻洁品格说成是因心存怨恨而赌气式的“浮游尘埃之外”，将他同社会流俗对立起来的作为看成是一个器量狭小之人的做派，这实在是误解了屈原。事实上，我们只要注意一下屈原“楚之同姓”的贵族出身，“为楚怀王左徒”的尊贵地位。“博闻强识，明于治乱，善于辞令”的非凡能力，注意一下屈原“入则与王图以国事，以出号令；出则接遇宾客，应对诸侯”的重要职务，注意一下他洞察天下大势，权衡利弊，力主“联齐抗秦”的政治主张，就不难发现屈原是一个能力非凡，理想远大，胸怀宽广的贤能之人。他同上官大夫的矛盾是政治见解和主张的不同而引发的矛盾，不是为了个人的名利地位相互争斗引发的私人成见。至于屈原不让靳尚看正在起草的“宪令”——有关国家根本利益的纲领性文件,那是一个忠于职守的贤辅良臣应有的责任心和保密意识,是为了国家的利益,并非为了私怨或私愤。况且,仅是不让靳尚看“宪令”,靳尚便进谗言,“放逐屈原”,似乎理由也太过于“儿戏”。试想,作为一国之君的楚王,对屈原“甚任之”的国君,对在平常就“入则与王图议国事,以出号令”的屈原起草“宪令”,事先岂能不知?仅凭靳尚的一句话就疏远、厌恶、放逐了屈原,这不是太不符合情理?屈原的被放逐,应该是他同楚王直接发生冲突,而屈原又不肯退让的情况下才会发生。而导致屈原同楚王的冲突,应当是关于国内政治改革和对外“联齐抗秦”等大事上的矛盾。在治国策略的选择上,昏庸、懦弱的楚王却比屈原更有决断权,但忠于祖国的屈原出于维护祖国的根本和长远利益,也绝不会退让,这才惹恼了楚王,将他流放。在这种情况下,屈原自然不会认输,自然不会苟同那些个苟安、弱视、绝友、事敌的“亲秦疏齐”的愚蠢决策。因为违心附和,放弃自己的原则立场,那无异就是“国破家亡”“身死”而“为天下笑”的可悲结局。由此看来,屈原的“皭然泥而不滓”绝不是生“怨”的结果,他浮游于尘埃之外,不同祖国社会流行的意识同流合污,完全是“董道不豫”,坚持理想,而不放弃政治主张的结果。这就是说屈原人格不是“蜚怨人格”,而是一种在任何情况下都显示着社会群体的利益目标,并有着独特的行为方式的心理性格机制,即理想人格。“蜚怨说”的要害就是没有从屈原思想、行为的出发点去观察和思考问题,只按常人心态去揣度屈原,那得出的结论自然是不可靠的。

其二,是班固的“狂狷说”。班固在《离骚序》中这样写道:“且君子道穷,命矣。……故大雅曰:‘既明且哲,以保其身。’斯为贵矣。”“今若屈原,露才扬己,竞乎危国群小之间,以离谗贼。然责数怀王,怨恶椒兰,愁神苦思,强非其人,忿怼不容,沈江而死。亦贬絜狂狷景行之士。……谓之兼《诗》风雅,而与日月争光,过矣。”班固以有利于自己的价值尺度来度量屈原的国家和人民至上的价值观和行为,把屈原殚精竭智,勤奋报国,坚持原则,大义凛然的高尚行为和精神,曲解为“露才扬己”“强非其人”,把为已灭亡的祖国殉情明志说成是“忿怼”万分不为世俗所容而“沈江而死”。把屈原说成是一个好大喜功,爱谝能骄人的狂妄之徒,这真是对屈原峻洁品格的大不敬。从《史记·屈原传》中所记的史实来看,屈原的行为和精神都同“露才扬己”“强非其人”不沾边儿。要知道“露才扬己”“强非其人”,那都是出于一己私心的缺智少慧的低劣表演,带有很大的虚假成分。

而屈原无论“图议国事,以出号令”,还是“接遇宾客,应对诸侯”,那都是为了国家，而且是职责所在、王命在身使然，并非其他。至于迕靳尚、责楚王，那更是一个铁骨铮铮忠臣的合乎逻辑的表现，都是为了国家社稷的长治久安，而不是为了一己之私。再者，凡“露才扬己”“强非其人”的行为都是为了名或利，但屈原已经位居高官，参与国事的决策，深得楚王的信任，名和利已经全有了，他用得着去争吗？很明显，班固的看法与事实不符，带有很大的错误揣测性。如果要屈原采取“明哲保身”的处世态度，那么在国家民族危亡的生死关头，难道说这该是一个“仁、智、勇”者应该采取的态度吗？从这里我们看出，班固从狭隘的个体本位立场出发，以自私自利的价值尺度来度量屈原的高风亮节，无异于举着裁尺去排天，实在是一种幼稚而卑琐的做法。

其三，张节末博士在《狂与逸》这本书中，拿孔子和孟子的狂——即孔子为“中行人格”，孟子为“不召之臣”——来匡套屈原，指出由于屈原不敢蔑视国君，对君王只有“思之慕之怨之艾之”形成了一种病态的恋君情结，是一种“妾妇人格”。其实，妾妇人格是以争幸邀宠为特征的，其目的同样是为了自己。屈原则不然，屈原是为了国家和人民，并非为了一己之私，一己之利。虽然在屈原的作品中有大量的用比喻和象征的手法写出的对“君王”怀念的诗篇，但是那都是同国家安危和自己政治理想实现的条件联系在一起的。在家天下的社会里，国君和国家几乎是一回事，忠君其实也就是忠于国家，一个贤能的臣子，如果不能忠君，他是不大可能去施展自己治国安邦平天下的人生抱负的。因此，把屈原的人格用“妾妇”冠之，实在失于偏颇。

综上所述，无论司马迁的“蜚怨说”、班固的“狂狷说”，还是张节末的“妾妇说”，都没有抓住屈原的人格本质，因而都是不能全部接受的。

而“理想人格说”才从目的和手段相统一，道德行为和价值尺度相吻合，精神品质和社会实践相一致等方面揭示了屈原的人格本质。正是为群体利益目标而不断探索进取，形成了自己的政治理想，并自始至终地为之奋斗，正是在任何情况下都毫不妥协，毫不动摇，直至以死明志，以身殉国的斗争实践历程，才使屈原完成了自己理想人格的塑造。

三、屈原的理想人格为什么会具有历久弥新的人格魅力

谋求生存和发展是人类的两大主题。追求真、善、美是人类生存和发展的最终目标。真、善、美也就成为人们的终极关怀。

屈原的人格魅力就在于他的理想人格所包含的要素,即为人类和个体对真、善、美的追求和认识提供了永恒的范本和形象的诠释。

屈原理想人格中的“爱祖国爱人民”精神,为人们提供了构筑和保护自身生存、发展的环境与条件的价值尺度。人都生活在一定国度、一定人群中。“国家”和“人群”是人体赖以存在和发展的环境和条件。人们在这个环境和条件下生产和生活,必须进行协调,以创造和保持一个良好、和谐的有序结构。凡是有利于这个有序结构的言行的社会效益就是善,就会成为一种精神价值。屈原的“爱祖国爱人民”的崇高精神满足了人们为生存和发展所需要的精神价值——求善,求神圣和崇高的价值要求。由于屈原把爱祖国爱人民的道德实践推向了常人难以达到的高度,因而也就成了人们敬仰和审美的对象,使人可以通过他获得神圣、崇高,感受到一种悲壮美,给人以精神力量。

屈原理想人格中所蕴含的九死不悔,坚持理想不妥协的执着精神体现了一种求真、求美的精神价值,满足了人类求真求美的精神需求。屈原能力本位的先进理念——即班固所谓的“露才扬己”,屈原自己一再对“燕雀乌雀”“飘风云霓”“腥臊污秽”一样的“小人”贬斥和抨击,至死不渝地坚持自己联齐抗秦的政治主张,振兴楚国、渴望改革的愿望,坚持“正君王,举贤才,修法度”的“美政”理想和能力本位这个核心理念在支撑着他的意志,满足了人们在同自然和社会力量的斗争中对精神和能力典范的需求。至于屈原“忠贞不贰”的忠君情操,这是屈原对制度要求模范遵从的体现,它符合人类在求生存、图发展过程中对建立和谐可靠的人际关系的追求和愿望。正是以上这些要素,构成了屈原的理想人格。“一定程度上满足了人们永恒的精神需求”,是屈原人格之所以会产生魅力的深层原因。

四、结　语

本文从屈原人格对后世影响入手,归纳出屈原的人格是一种理想人格。而后通过对颇有影响的三种评定——对屈原人格的评定——进行对比分析,进一步强调了屈原的人格就是理想人格这个观点,最后从价值学的角度剖析了屈原人格之所以具有魅力的精神原因。

屈原的人格被厘定为理想人格,对现代理性主义统领下的人们的价值体系是一个有益的补充,这将有利于为科学理性和金钱核心理念禁锢下的人们提供一种“我们如何生存,我们何以如此生存”疑问的触发“按钮”,对已缺失生存和道德价值尺度的人，提供一种价值尺度。这些将可能有利于道德和道德体系的建设，并为“以德治国”献上一份绵薄之力。

注：①中南五省（区）师专教材编委会《中国古代文学》编写组编：《中国古代文学》第一册，湖南大学出版社 1989 年版，第 151 页。

②③转引自张节末：《狂与逸》，东方出版社 1995 年，第 27、28 页。

④游国恩、王起、萧涤非、季镇淮、费振刚：《中国文学史》人民文学出版社 1987 年版。

⑤该文原载于贵州《教学参考》。

家庭、学校、社区德育整体效应研究

廉江涛　韩瑞瑾

[摘　要]当前，我国社会变迁呈现全方位、大深度、高速度的特点。社会规范和社会价值体系、人们的行为模式也都处于新旧交替的过渡阶段。这给道德社会化带来了一定的不利影响。其不利影响主要表现在道德选择、道德行为和道德评判体系的多元化。这给人们正确处理社会成员之间、社会成员与社会之间的关系造成了一定程度上的混乱。研究道德社会化过程中，家庭、学校、社会道德教育整体效应(以下简称整体效应)产生的途径、过程、方法就有着十分重要的现实意义。

[关键词]整体效应　道德社会化　德育设置

家庭、学校、社会德育整体效应研究，其实就是研究道德社会化的问题。

当前，我国社会变迁呈现全方位、大深度、高速度的特点。社会规范和社会价值体系、人们的行为模式也都处于新旧交替的过渡阶段。这给道德社会化带来了一定的不利影响。其不利影响主要表现在道德选择、道德行为和道德评判体系的多元化。这给人们正确处理社会成员之间、社会成员与社会之间的关系造成了一定程度上的混乱，不利于建设高度文明、民主、现代化的社会主义伟大事业。然而，在本世纪中叶实现中华民族的伟大复兴是13亿中国人民不可动摇的既定目标，那么，研究道德社会化过程中，家庭、学校、社会道德教育整体效应(以下简称整体效应)产生的途径、过程、方法就有着十分重要的现实意义。

一、整体效应产生的正确途径

社会学认为，包括道德社会化在内的人的社会化的条件，一要靠社会影响，二要靠社会控制。这里的社会影响是由家庭、学校、同龄群体、工作单位、传播媒体、社区的时尚和风俗习惯所施与的。但是，在现阶段，这些道德社会化的执行者，却存在着相互分离、相互抵触的不协调现象。这也就是说，它们在道德社会化过程中所施加的影响其整体效应是极其有限的。之所以如此，是由社会转型时期社会文化的多元性决定的。我们认为，要使社会影响在道德社会化过程中保持一致性，发挥其应有的整体效应，就应当加强社会控制。而社会控制正是道德社会化的另一个重要条件。社会控制，这里指的主要是对价值体系和社会规范的控制。我们强调的是国家要充分利用所掌握的有效资源，尽快确定建设有中国特色社会主义的价值体系和社会规范，并以强力使其占据统治地位，成为社会的主流文化。因为在任何社会里，统治阶级的思想都是占统治地位的思想。相当一个时期以来，在多元文化的嘈杂声中，我们党在领导全国人民进行艰苦卓绝的革命和建设过程中形成的已被证明是先进科学的价值体系和社会规范，遭到来自我们内部的一部分人的非议、贬黜，甚至丑化、诋毁；作为广大党员和劳动人民群众所爱戴的权威形象、精神偶像遭到污损和诽谤；先进、高尚的生活方式和生活情操遭到讽刺和讥笑；等等。有害于社会主义条件下道德社会化的消极言行，得不到及时有力的反击，是造成人们道德选择、价值选择无所适从的主要原因之一。总之，文化生态中文化多元是道德社会化的执行者在道德社会化过程中整体效应不佳的重要原因。文化多元虽然能使社会呈现生机勃勃，但是，在这多元文化中如果没有先进的主流文化发挥主导作用，道德社会化的困境就难以摆脱。因此，社会控制首先就要对多元文化加以控制，而控制的重点首先应放在对社会媒体的严加管理上。因为，在电子技术迅猛发展、信息网络化的今天，社会媒体是精神文化的重要生产者。就是在西方，其新闻也始终体现着代表国家利益的主流文化地位的尊贵。美国的新闻媒体就是始终把其认为是最好的"美国文化制度"极力向世界输出的，他们要按照其文化价值观念改造世界的企图从来没有改变过，其进入九十年代表现得更为强烈。因此，在我们的新闻媒体中极力宣扬文化多元，不仅不利于道德社会化的形成，而且也不利于坚持社会主义道路和共产党的领导与无产阶级专政，在美国追求单极世界的心态和行为越来越蛮横的今天尤其是如此。但是，我们并非是要反对文化多元，更不是要反对改革开放，我们只是说，应对社会精神文化的主要生产者——各种新闻媒体的宣传设置加以控制，在多元文化的宣传中确保马克思主义、毛泽东思想体系对我国社会主义文化的指导作用和核心地位，使我国的社会主义文化成为整合了世界各民族优秀文化和中华民族优秀文化的优秀文化系统。整合的手段应当是批判和继承。但是，近些年来，我们提倡继承有余,提倡批判不足,尤其是对西方文化和古代文化以及当代的垃圾文化的批判不足,给道德社会化带来了一定的混乱。这种批判和继承的整合活动的展开,首先应该是在新闻媒体,其次是在学校、社区。可以利用政治的、经济的、法律的手段进行综合性的批判。批判就是选择,批判的过程就是选择的过程。有了正确、有效的批判,才有合理的继承。而有了合理的继承,才会有合理的整合,才能构建起有中国特色的社会主义先进文化,道德社会化所需要的社会影响才会有强大的整体效应。因此我们认为,加强文化的社会控制,是学校、家庭、社会德育整体效应的重要条件,也是道德社会化的途径。

人是社会环境的产物,有什么样的社会环境就会有什么样的人。而这个什么样的人是以道德、道德行为、道德评判标准作为区分标准的。这一切又要道德社会化来给予。道德社会化又要依赖社会文化强大的影响和有力的社会控制。在现阶段,社会文化的强大影响又必须靠有力的社会控制才能将多元文化整合为建设有中国特色社会主义所需要的优秀文化系统。正是在这个意义上,我们才说社会控制是道德社会化的条件和途径。同时,我们所讲的社会控制,又是一种社会全体成员都要直接或间接参与并接受影响的文化建设活动。因为,无论是新闻媒体、学校还是社区以批判继承的方式去构建有中国特色的社会主义文化,没有绝大多数社会成员的参与是不可能的。

二、整体效应产生的过程

德育整体效应产生的过程,指的是道德社会化的执行者利用社会控制的各种手段对社会成员进行道德教育和社会成员在社会生活、社会实践过程中认同与内化这种教育的过程。这个过程我们认为应包括德育设置、德育评价和德育激励三个阶段。

德育设置这个概念是我们从社会设置概念中引申出来的。它指的是在对各种文化批判继承的基础上,根据道德教育整体效应产生和形成的需要而设立的一整套规范体系及与之相配套的机构与设施。它是社会结构的一个重要组成部分。它是一种将德育执行者对社会成员实施道德社会化活动有机地联结在一起的主要方式。因而成为社会机制顺利运行的重要构件。社会变迁过程中文化多元所造成的“规范真空”“控制失灵”体现了德育设置的必要性。“以德立国”的战略决策,我们党长期以来形成的思想政治工作经验和中华民族文化中重视德育的传统,都是德育设置成为可能的有利条件。德育设置的内容包括观念原则、规范体系、配合履行规范的机构和设施。这三者是德育整体效应产生的重要因素,缺一不可。

德育评价,指的是德育设置下的机构借助自身的权威性并利用(或引导)其掌握的社会舆论工具、宣传手段对道德社会化的执行者的德育效应和社会道德进行公开的评价。这种评价是德育整体效应产生过程中经常性的工作,应当不断调适,以保持评价方式的新颖性和吸引力。

德育激励,指的是德育设置下的机构采用政治的、法律的、经济的、文化的、精神的手段,对德育执行者和道德社会化程度具有典范性的个人实行公开、及时的正、负强化活动。这实际是在开启德育整体效应产生的动力,应当保持应有的连续性、长期性、崇高性。一个时期以来,我们在这一方面做得不够,没有达到应有的水平,留下了一定程度的亟待开发的空间。

德育设置、德育评价和德育激励所构成的德育整体效应产生的过程是一个螺旋式的循环过程。这个过程中的德育设置阶段是一个前提性的阶段,如果设置不当,德育整体效应要么不会产生,要么产生的是我们不需要的效应。因此不可不慎。德育评价是对德育执行者和参与者行为性质和结果的鉴定,关涉到德育信用和社会成员对德育内容的认同问题,是一个连接前提和动力的中间环节,它存在的合理性在于公开、公平、公正和权威性。德育激励是开启德育整体效应产生的动力,更不可以掉以轻心。

三、德育效应的连接方式

目前,德育的执行者亦即社会化的执行者是在文化多元背景下履行其所承担的责任的,而履行责任的过程又是在相互分离的状态下进行的,因此,德育整体效应的形成,首先就存在一个德育效应的连接问题。这个问题其实也就是德育整体效应形成的方法问题。

其一,应当大力发展社区教育。这里所指的社区是自然社区与行政社区相统一的社区。每一个人都必定生活在一个或几个社区之内。社区既是人的生活摇篮和最后的归宿,同时又是连接家庭和学校的社会单元。大力发展社区教育,是整合德育资源、促使德育效应一体化的有效手段。其具体方法可以包括:设立社区德育机构,统一领导和协调学校、家庭和社会的德育工作。建立起以家庭为基础、以社区为依托的德育网络。

其二，充分发挥社区政府权威作用，通过地方立法的方式净化文化环境。如：对腐朽落后的、淫秽的文化制品和设施进行扫荡，对不良的社会时尚和有碍社会进步的风俗习惯进行改革，对不良道德行为进行新闻曝光和其他形式的批判等。

其三，以先进的文化为指导，建立起一套完整的礼仪制度。社会学认为，礼仪制度中那些具有特定文化含义的语言、动作、程序和符号所形成的氛围有强化人们的某种意识的作用。目前，在我国一些汉民族社区，重大的社会活动中的礼仪制度处于被淡化的状态，成为一种隐性存在。比如在欢迎贵宾、表彰先进等活动中，各地的惯例是以到场领导的级别来显示活动的重要性的，这对于不熟悉、不了解领导的人来说，其影响力就远没有明确完整、固定的制度有影响力。如果我们建立起一整套完整的礼仪制度，就会使这种活动的影响力更为突出和明显，对人的影响力也就更大。

其四，要尽快建立起一套德育激励机制。激励的手段应当是能够提高或削弱德育执行者的政治、经济、文化的竞争力的手段，也就是重奖重罚的手段。

其五，建立权威的社区道德和德育评价体系。这个体系应当涵盖社会各个阶层和各个方面，还应该是一个开放性的系统，参与面越大越好。

注：此文原载于中文核心期刊《东北师大学报》2001 年第 4 期，笔者是该研究课题的主持人和执笔者。

情吞海岳　志灿星河

——谈诗剧《孤独的小岛》

吴兴民先生的诗剧《孤独的小岛》，在北京伯乐文学研究所、作家部落主办的《伯乐》杂志2000年1月创刊号上发表后，在我周围的人群中引起了轰动。有人说它“新潮”，有人说它“传统”，有人说它“直白”，有人说它“朦胧”，众口呶呶，莫衷一是。我想，同一部作品却引发出如此截然相反的众多说法，无论如何，是一个值得重视并应当给予合理解释的现象。

再者，有些读者就《孤独的小岛》（以下简称《孤》）的体裁归属及其结构的合理性提出了一些疑问，对内容的解读也提出了一些亟待交流的看法，为此，作为《孤》剧的热诚推崇者，我想在表达自己看法的同时，与所有《孤》剧的读者交流。

以上，是这篇小文的写作目的。

《孤》剧除“序幕”和“尾声”外，共四幕，全诗剧长达一千七百行。仅就篇幅而言，这样的鸿篇巨制，在新中国的诗坛上实属罕见。当然，仅凭篇幅长短并不能判定诗的优劣。但是，在“八十年代诗坛不再，唐宋之后诗风日下，我们拭目以待时代的厚重之作”（《伯乐》杂志“诗歌擂台”编者按）的今天，《孤》剧横空出世，对寂寞凄寥的诗坛而言，不能不说是一件幸事。

《孤》剧的情节很简单。一位饱经沧桑的旷世老人，居住在“时间”茫茫大海中“人生”的孤岛之上，辛勤地耕耘劳作，伴随着他对人生、民族、祖国、人类命运的深沉思考，伴随着他对战争、环境、事业、爱情的审视与评说，过着孤独、寂寞、清静而高雅的世外桃源般的生活。就在老人耕作思考的小岛上，在“满岛的稻子金黄，满园的果子紫红，小屋尚留着人生的珍奇人间的罕稀”的收获季节，历尽千辛万苦，循着老人耕作的“斧声”“锄声”踏海而来的青年们到了。两代人欢聚一处，亲热相叙，激浊扬清。最后，老人讲述了自己的生活经历，指出自己执着的追求和孤独如痴期待的目标正在前面，随之与众人一起“向无达无归，不达不归”的永恒启程，剧情至此结束。

一谈到诗剧,人们往往会想到莎士比亚的杰作,会想到跌宕起伏、扣人心弦的矛盾冲突和戏剧情节,并带着这种先入为主的观念去阅读、评价诗剧。其实,诗剧原本有两种,一种是可供演出、能搬上舞台的文本,一种是供放置案头仅用来阅读的文本。这种剧本同散文、小说、诗歌一样,只是作者再现客观实在,借以表达自己情感的形式而已。《孤》剧属于后者。因此,单以情节是否具有激烈的矛盾冲突,是否有扣人心弦之情节,剧情是否便于舞台演出来评判所有诗剧的优劣,难免跌入失之偏颇的狭隘标准的井底。

诗剧,兼具诗和剧的特点。其中,究竟诗和剧谁的成分多一点,那要看作者表达的需要。不管怎样,诗剧首先是语言的艺术,是作者审美意识的结晶,是作者解读主观世界和客观世界的产物。《孤》剧之所以能被看作是一部厚重之作,我想恐怕在于它传达出的那种对人类命运终极关怀的深沉情感。《孤》剧塑造了一个对人类充满终极关怀、对真善美执着追求和如痴期待的抒情主人公形象。这表现了诗人在金钱向一切社会领域渗透、诗歌艺术被边缘化、诗人注定落寞和物质匮乏的背景下,作者的纯洁、崇高、顽强、坚贞的品格和胸括天地、情吞海岳、志灿星河的博大胸怀。当然,真善美主题在文学史上不乏名作巨著,而且也是一个文学永远也说不完,写不腻的永恒主题。实际上,对真善美的关注就是对人性的关注。正因为如此,《孤》剧的作者对真善美的艺术追求才更值得肯定。

《孤》剧的情节是在这样的背景下展开的,抒情主人公在"波涛云天,风狂雨暴,电闪雷鸣,天崩地裂,洪流滚滚,浊浪滔天"中出现在一座孤独的小岛上。他伴着远离人世的孤寂和险恶的环境,以超人的沉着,处变不惊,镇定从容,以欣赏者的优雅,以智者的自信,站在峰巅小屋前,同大自然开怀畅谈,坦诚相诉。这险恶的环境隐喻着曾经给人类带来巨大痛苦和灾难的战争、自然灾害和其他人为的苦难,同时也是对改革开放后中国资源的再分配、利益重组和多元文化并存及碰撞形成的社会及其群体与成员的政治、思想、观念、行为方式激变的艺术概括,亦即对中国社会变迁形态、程度的形象描绘。它给人以强烈的震撼力和强大的吸引力,以一种不可抗拒的魔力撞击着读者的思维天地,推动读者去思考,去联想,去解读各自心灵深处的文化谜团。抒情主人公——老人所表现出来的这种旷达、无惧、孤勇、清傲的形象,同《天问》中的主人公形象有着血脉相承的关系,同极力鼓吹除旧布新的《女神》中的形象也有着精神上的关联。然而,他们又有所不同。

《天问》是抒情主人公对自然、社会现象和事物所产生的疑问，从中可见诗人思想的博大和探索真理的精神。它是诗人被放逐后“伏匿穴地”“悟过改更”中对自己失败的政治经历“推而广之”的反思和追问，带着悲情、悲壮的色彩；《女神》的基本思想内容是反抗、破坏和自由创造，张扬的是一种除旧布新、革故鼎新的强烈愿望。此二者都有一个美中不足的缺憾，那就是因为种种条件限制，诗中没有给读者提供一个具体的清晰的答案：《天问》只有问而无答，《女神》强调了破坏而没有提出一个“建设”的“规划”。而《孤》剧则不然，“老人”不仅对战争、环境、事业、爱情以亲历者的口吻，以充满生活美的语言做了活生生的艺术描述，而且表达出了自己的主张、看法、伦理观念以及崇高、完美的理想，并且还全景式、多角度地表现了自己获得这种主张和看法的探求过程。在《小岛的沉默》一章里，作者借老人之口对美好环境的失去、对已往的战争和未来的战争进行评说，表明了自己的观点、态度和决心。对美好环境的失去，“老人”提出了一个意味深长的忧虑和修复环境的美学标准，“儿时的家乡如梦如画，此时啊，一切可还依旧?”这是作者借用疑问向人们表述自己对环境美失去的遗憾和修复环境的美学标准。这种对“美”的珍惜，对人类生存条件恶化的担忧、焦虑，对保护人类家园提出的善意的启迪和忠告，其实就是人类理性的表现。它表明作者以“大我”存在的高度责任感，对客观世界的隐忧，这是一种崇高。对于战争的回顾，作者在指出战争的残酷和罪恶的同时，也表明了自己对未来强加于中国人民头上的战争应持的态度和应有的行动：“不要，不要战争/能够创造幸福的民族/对赐予的战争也定以同物相赠。”一旦战争来临，作者(“老人”)希望祖国将神圣的谕旨送上这小岛，并明确表示“我三寸的赤心将化作一颗手雷，我五尺的长躯将化作一支投枪，为了这神圣的疆土这伟大的民族，心甘情愿地一掷无归!”这是中华民族赤血男儿的庄严承诺，这是一个觉醒并已站起来的民族的唯一选择。作者对民族、对祖国的一片赤心跃然纸上，掷地有声。这里，作者的话语中蕴涵着一个判断：“战争只能招致战争，人类应当和平相处。”这种思想、感情和精神，是人类应有的主观理念。

在《孤》剧中，我们可以看到“老人”在同大自然的坦诚相诉中，透发出对真理、正义、幸福的热切追求之情。对“光”的热情赞颂就是这种情感的艺术流露。“老人”在历史的、世俗的、自然的“拍天惊涛、动地雷霆、击魂风雨”的狂暴恣肆面前，镇定从容，并且处变不惊，向往光明，探求真理，期盼正义，渴望幸福的心灵跋涉从来没有停止过。生活的凝思寄放在雪峰冰谷，岁月的期望播种在大海长空，他真切地呼唤长空“敞开胸怀”,“让我扑进你洁白的云间”,让“狂飙”“暴雨”来“驱散”“淋洗”跋涉的“焦渴”“焦虑”以及“满身的旅尘和满心的灰烬”,呼唤“沉默的长空”,让他揉进“和风”,“化入细雨”,“揉进浓雾”或“掷入那冒烟的原野和焦灼的群山”,或“投躯于那咆哮的洪流奔腾的江河”,然后,“奔入汹涌澎湃的大海”……最后又强烈地呼唤长空将“紧裹的胸襟打开”,“将闪电和雷鸣释放,劈开浓云的重山叠嶂”,使“太阳的光辉瀑泻,让我紧跟那雷鸣的鼓点儿,紧踏着金光灿烂前往……”这是一个纯真、圣洁的灵魂狂飙迅雷疾电猛涛般的执着呼唤,这是夸父追日、精卫填海般的倔强追求。至此,一个追求者、殉道者、奉献者的形象已从字里行间突显出来。紧接着对“太阳”和“星光”的歌颂,使人想起在天安门上升起的五星红旗,想起战士们闪耀的帽徽、额角的血痕,想起中华民族的无数优秀儿女,感到作者炽烈的敬仰和感激之情。由此可见,作者是站在民族的、历史的、未来的高度,抒发着一个民族的情感,表达着对历史的感悟和对一种势不可挡的必然的呼唤与礼赞。

在这里,作者有思考,有发问,也有解答;有破坏,有建设,更有主张。作者也抛弃了个人荣辱得失等一切功利性目的,摆脱了古今中外那些顾影自怜、自怨自艾,进而悲悲戚戚或歇斯底里式的羞涩隐晦的“翻肠子”表达方式,变盲目的、模糊的、变幻不定的情感和思想指向,为清晰的、坚定的理念指向,他所思考的、表达的已超出了本体的“小我”范畴,从而进入了一个代表着民族、社会、国家、人类的“大我”境界。正因为如此,他的《孤独的小岛》才成为一个名小而实大的理念空间。在诗剧的一、二章中,读者感到小岛成为一个被镜头推得极远极小的所在,而在三、四章中又被拉得极近极大,近得可以看见岛上的所有,大得望不见边际。

接下来的“小岛的期待”和“小岛的消失”,叙写了众人千寻万访,历尽劫难,越海登上小岛,同老人相谈相叙,对人生、事业和爱情展开了深入的探讨并达成了共识,构建起了一个心灵共同场,然后一同向“无达无归、不达不归”的永恒启程,由此,小岛消失。

在这里,久处孤岛的“老人”,并没有把自己置于同社会“众人”相对立的位置,老人在孤岛的耕耘收获是为了让众人“拿去”,因为“播种和耕耘属于我,保护它是我的权利,收获属于收获者,他们的天职是拿去”。这正是一种体现了真善美的无私无我的奉献精神,是一种辉映万古的人类精神。老人在孤岛上是孤独的,但他心中时刻装着济世情怀,并且时刻关注、思念并不辞辛苦寻找他的“众人”。况且

“众人”最终同他相聚相叙，同唱共吟，其乐融融，所以老人的“孤独”不能叫孤独，应当称之为“慎独”，表现了人生的最高境界。老人的沉默不是寂寞，因为他有劳作的锄镐斧声在“叮当、咔咔”打击乐样地作响，他由对人生、对民族、对人类的终极关怀叙述而出，从而使“众人”听到了他心海波涛的轰鸣——吟诵，看到了他在夜晚诗吟时的灯光星火，这种“出世”并非“避世”，孤独并非孤立，沉默并非寂寞，将出世化作观世、思世，并转化为入世的积极准备，将孤独化为慎独，将沉默化为心灵跋涉的生活方式，已远超出于《天问》的抒情主人公之上，也同一味呼喊“破坏”“创造”口号的《女神》划清了时代界线。《孤》剧所表现的执着顽强，同《老人与海》相比，更富于自己昂扬、热烈的个性特色。

在三、四两章中，“老人”和“众人”对人生、事业、爱情等人类永恒主题的探讨，始终洋溢着真善美的灵光。读到这里，读者的灵魂会受到一次圣洁的沐浴，这是作者奉献给人类的精神食粮，是心灵的祭祀。在这里，一切只为个人的功利得失、荣辱贵贱而发出的大呼小叫、浅吟豪歌，都变得黯然失色。是啊，在茫茫的空间和无限的时间里，人类是何等的渺小，更何况个人的功利得失与荣辱贵贱。关心民族、国家、人类的精神品质和价值取向才应该是一个精神文化产品生产者所追寻的伟大目标。而这一点儿，《孤》剧对人生、民族、国家、人类的价值取向的疑虑和疑问给予了解答，对挡在人类前行路上的一切假恶丑的东西给予了雷霆一击、轰毁式的批判，用具体生动、新颖优美和壮美融合无间的画面向人们展示出构建真善美的途径和方法，使读者洗晓耳目，澡雪精神，智澄神清。他这种高度的责任感、强劲的感召力，已超出了有问无答，有破坏、创造的呐喊而缺乏建设创造指导的《天问》和《女神》的时代局限，因此，说《孤》剧是当下“非诗时代”的厚重之作不能说是“誉美太过”。

至于人们对《孤》剧“传统”“新潮”“朦胧”“直白”之争，应该把这看作是从不同角度对《孤》剧的鉴定，是对《孤》剧语言风格多样性、诗艺纯熟性的最好说明。

读《孤》剧，应当注意每一幕开头部分的剧情提示，不可忽视作者反复强调的那些诗行，同时还要注意剧的抒情线索，即失却——思考——期待——同往的顺序安排。此外，对作者多角度的叙事方法、丰富而巧妙的句式变换、独具个性的语言特点和多角度观照事物的思维方法等都应给予足够的重视，唯有如此，才有助于我们对本诗剧的理解。

最后，我想通过改造前人的话来表达我对该剧的看法：

夫子继圣，竞秀前贤。熔钧风骚，金声而玉振。纯洁性情，革新词令。木铎起而千里应，席珍流而万世响。写天地之辉光，晓生民之耳目。

注：本文原载于《孤独的小岛》一书。

沟通外部世界的虹桥

——小议《大阳撷英》的社会价值

洛水有灵，宓妃留名，洛水有智，《洛书》启聪。曲焕平同志的诗文集《大阳撷英》一书，是洛宁县有史以来第一部由巾帼援笔创作的好书。这是洛神的钟爱，还是《洛书》的遗风？我们不必费神论证。只是读过之后，书中那强烈的历史使命感，文学工作者高度的社会责任感，就足以使人感动不已，思绪飞扬。仿佛看到《大阳撷英》这部书翻动开去，在广袤的天宇间架起一座七彩斑斓的虹桥，洛宁这位"袅娜丽人"正沿桥衣裙飘飘走向外部世界……

这部作品，无论"写什么都出自真情"。工商系统的英模人物、扶贫活动、机构改革以及工商人员的神圣职责都成为作品的题材，并以如火的激情加以点燃，放射出熠熠光辉。急商户所急，想人民所想，以服务促管理，舍弃小家为大家的敬业奉献精神，在《夜访》《割艾》和《我们是人民工商》等诗章里得到充分表现。"为商户送信息，裹一身风雨扛起自行车，走在黑夜，架起一座，通向心底的小桥。"为使贫穷闭塞的山村人民致富，"割一抱艾蒿，送给柳下打马的村姑，让她们走进山野，收割绿色的钞票"。新婚的女工商急于上班，"三九天，满头青丝高绾摇成雪白的芬芳"，梅花成了女工商人员形象的写照。"委屈，如炸药，炸不开我们的思想防线，误会似砂轮，磨掉了我们的轻率和主观"，则抒发了诗人也是工商人员高屋建瓴审视生活的情感，表现了她们坚定乐观的生活态度。为缉私缉毒，湖北工商人员范宗平英勇牺牲，曲焕平沉痛地写道："江汉呜咽啊，斑竹枝枝滴哀痛，黄淮悲伤啊，波涛滚滚哭出声，天山雪莲啊，疾首未凝还魂丹，巫峰神女啊，身披云纱跪英灵。"对英雄的敬仰和悼念之情溢于言表。英雄的死更激起了诗人高昂的战斗激情："范宗平倒下了，我们气尚在，执法的旗帜我们举。"这铿锵有力的誓言，散发着人民工商人员九死不悔干工商的冲天豪气。通过对工商事业的歌颂，使人们真切地看到，一支素质好、水平高、战斗力强的工商队伍正在形成，市场的规范与健全已为期不远。这是对整个工商管理系统的写真，也是对洛宁人现代管理水平和决心的工笔描画。诗人的土地是生活，诗歌是生活开出的灿烂花朵。诗人在这里用诗反映了洛宁当代社会生活的一角，这是现实的“存档”，也是未来的历史。对于外界的投资者来说，他可以通过诗歌形象地认识洛宁的投资环境，从而确定自己的投资意向：《大阳撷英》一书，确是诗人架起的一座通向外部世界的“小桥”。

诗人是时代的海燕，是历史的长子。作者的目光也时刻在关注着洛宁的变化，作者的纤手也时刻在把握着洛宁社会脉搏的跳动。《山庄春望》《退牛》《敞开心扉的人》，写出了改革的春风给山乡带来的表层和深层的变化。《假如我是……》一诗，写出了诗人在县人大会议期间感受到的鼓舞人心的气氛，对洛宁人民治穷致富的宏伟规划，诗人兴奋地唱道：“我们毕竟听到了喜庆有余的前奏。”对洛宁人民的电气化工程，诗人由衷地唱道：“甘甜的果实都曾酸涩过，辉煌的成功定然失败过，揭示真理的曾招来焚身烈火，造福人类的谁少了苦难的折磨？”这蕴含哲理的滚烫诗句无疑是在为四化建设者们摇旗呐喊。《绿色风暴》中，诗人用洗练的语言，形象地描绘出了上下一心、官民一心“绿罢川原绿山荒”的如火如荼的造林运动，唱出了一曲艰苦奋斗、开拓进取的洛宁时代精神赞歌。洛宁人民取得的每一项新成就，都使作者异常兴奋，都被作者热情地推向外部世界。王爱民的光纤工艺厂，再铸辉煌的香菇厂，青年农民企业家李新超的华佗实业集团公司，洛宁人民建设中原苹果第一县的“绿色计划”，都被作者绘入洛宁当代社会生活的七彩画卷。这对外界了解洛宁人的创业精神、创业能力、发展方向都有重要的参考作用。

曲焕平同志还以诗的形式，诗的语言，诗的形象，抒发了自己对故乡洛宁真挚而热烈的爱。在长诗《朋友，请到洛宁来》中，借助对“洛宁是一部战史，一部画册，一部诗集”的描写，向外部世界的人们介绍了洛宁的山川名胜，历史文化，风土人情，交通通讯和丰富的矿藏资源，给人们展示出一个山川秀丽，历史悠久，文化灿烂，民情淳朴，资源丰富，通讯便捷，交通畅达的大有发展前途的投资环境。我们暂且不说她诗歌的音乐美和油画美，也不说诗歌展现出来的古典美和现代美，单就它“朋友，请到洛宁来”的立意，就应该感谢她——这位年轻的文学战士宣传洛宁，美化洛宁社会形象和自然形象的良苦用心。

《大阳撷英》发行 4000 册，发行范围遍布河南省。省工商局局长岳同生同志题词评价该书“颂扬经济卫士，描绘时代风采”，省工商局副局长李长胜同志写诗称赞曲焕平同志“风云激，大潮弄……为我工商唱大风”，《中国工商报》载文说焕平同志的诗文表现出了“爱党，爱人民，爱故乡，爱祖国的真挚感情……把洛宁描绘得如诗如画，使人怦然心动”。看来《大阳撷英》一书在宣传洛宁方面，确有不可估量的作用。我想，这就是《大阳撷英》社会价值的一部分。

宋代有“东南形胜，三吴都会，钱塘自古繁华”词，金主完颜亮因此“起投鞭渡江志”的诗坛趣话，虽不免夸张，但却说明了文学作品的影响力。但愿曲焕平同志的《大阳撷英》一书也像《观海潮》词那样，为洛宁的招商引资，为洛宁的经济发展引来更多的“金凤凰”。如果真能如此，那么，曲焕平同志在文学为经济发展服务方面将不仅仅是做了一些“有益的探索”，而是了不起的贡献。

追求文学为经济发展增效应当是所有文学工作者的奋斗方向。

注：该文原载于 1997 年三门峡《洛神》杂志。

贫困农村社区稳定与发展研究

“稳定是前提，改革是动力，发展是目的。”

没有稳定，既不可能有改革，也不可能有发展；只有稳定，没有改革也没有发展，那只能导致落后和贫穷。在这种情况下，追求稳定就没有积极意义。消除不稳定的状况和根源，只能通过改革和发展来实现；保持稳定，也只能通过改革和发展来实现。稳定与发展的关系是这样，贫困农村社区的稳定与发展更是如此。保持贫困社区的稳定与发展，揭示不稳定状况，并探寻根源，进而提出相应的改革性对策，是一个值得认真研究和探讨的社会学课题。本文试就此课题做一粗浅探索。

一、保持稳定和发展，必须正视那些不稳定状况

本文所提到的贫困农村社区，指的是改革开放以来，在能源、交通、通讯、经济、文化、教育和人们的生活、生产条件等方面都得到不同程度的改善，但出于地理、历史、文化等方面的特殊性，经济相对于发达地区仍显落后，人们生活水平依然较低，绝对贫困人口依然较多，出现的不稳定状况令人担忧的，分布在我国中部较大山系里的农村社区。

近年来，农民、教师集体上访次数多，规模大，范围广，已成为这类社区稳定发展的消极因素。以某县为例，仅 1998 年 5—8 月，4 个月内发生农民、教师、商人集体上访总计 13 起，涉及范围(除教师上访波及较广，达 19 个乡外)有 7 个乡，占某县 21 个乡(镇)的 33%。个别乡的上访农民还同有关方面发生了冲突。此外，20 世纪 80 年代末期以来，农村社区的积怨冲突在选举、土地调整、乡村“统筹提留”、计划生育工作过程中时有爆发。争夺资源(水利、山林、矿山等)所引发的冲突也时有所见。这些冲突中，吵骂、群殴、械斗是常见形式。有些冲突已致伤、致死。农村社区的离婚率、犯罪率呈上升趋势。某县一个千余口人的川涧区乡村，

仅1998年1月至9月就发生离婚案件7起。某山村,仅1997年一年就被盗耕牛11头、马1匹。该县的抢劫、爆炸、凶杀案件也有所增加,治安状况不良,社会生活和秩序受到骚扰。

随着老龄人口的增加和辍学青少年的增多,贫困农村社区的人口自然构成和社会构成发生了不利于农村可持续发展的变化。由于山区人多耕地少,造成劳动力过剩。在一些耕地相对较多的社区,青年劳力却表现出对农业生产劳动的鄙视,宁愿歇着,也不愿接受长辈们诚心诚意的农耕技术传授,自然发生就业危机。

近年来,矿山开采、矿石加工使矿域水源严重污染,清流变浊流,河草死游鱼亡。河水溉田,农作物受损;牲畜饮用,则倒地毙命。小型水库和渠道被毁、地堰被冲溃散、山林遭剃、水土流失。加以土地掠夺性经营、肥力下降,生产条件恶化。

上述不稳定因素对贫困农村社区的经济、社会、文化产生的消极影响不容忽视。首先,各种不稳定因素直接构成了不良的投资环境,对投资者的信心是一种打击,对资金的流入起着阻滞的作用。而没有外部资金的大量流人,贫困农村社区的发展和脱贫致富,几乎是不可能的,至少在短期内是不可能的。投资不足,贫困地区陷进贫困恶性循环的泥潭,不冲破恶性循环的链条,贫困就会长期存在。其次,生产条件的恶化,必然导致以其为基础和资源的农业生产和农村经济的衰退。贫困农村人口构成的失衡,自然就业的危机,使农业缺乏必要的后备劳动力。缺乏充足的劳动力资源,农业生产的发展和农村经济结构的调整也会受到遏制。贫困农村社区之所以发展速度慢、经济增长慢,就是上述各种不稳定因素直接造成的。

不稳定因素,还使政府信用流失、人心涣散。这使得为共同脱贫致富这个目的而发奋工作的合力不易形成,社会的发展缺乏必需的动力,社会的停滞成为一种谁也不想看到但又很难改变的现实。离婚率的上升,家庭的不稳定,会对下一代的身心健康产生恶劣影响,不利于他们成为优秀人才。婚姻关系的破裂,还会形成一种对家庭、社会漠视的文化。而这种文化对建立和谐的人际关系与社会都是有害的。因为它关注的焦点是个人,而不是他人、家庭和社会。这种文化的产生和蔓延,必然导致人际感情的淡漠,而这恰恰是建设中国特色社会主义文明所要反对和避免的。

贫困农村社区的各种不稳定因素,已经或即将影响到经济的发展、社会的安定、文化的进步,这就是目前贫困农村社区的不稳定状况。这种状况,已发展到了不容忽视、不容掩盖且必须正视的地步，发展到了必须采取有力措施尽快予以改变的地步。

二、不稳定状况的根源在哪里

究竟是什么导致了贫困农村社区的不稳定状况？根源在哪里？这是保持稳定，促进发展必须要探求清楚的问题。

我认为，根源主要有以下几个：

政府机构庞大，人员滞留，人浮于事，乡村两级政权组织没有了集体积累，财政困难，而干部腐败，教育经费由乡里包干等共同构成了贫困农村社区的一个不稳定根源。据调查，某县的一个一万余人的乡，行政人员竟达一百三四十人，他们大多数拿工资干不了工作，或拿工资不干工作，或者成事不足，败事有余，严重损害了政府形象。庞大的行政人员群体需要巨大的财政支付力量来养活，乡里迎来送去、一些干部膨胀的超前消费、任意挥霍的消费手段、缺乏监督的财务管理等，使乡政府财政一再发生透支现象。因此，挪用教师工资、非法乱摊派，就成为乡里维持行政支出的一种主要手段，这使得教师们经常在半年或更长的时间里领不到工资，农民们在收入低下的情况下负担加重。1998 年某县大多数乡教师工资截至教师节只发了一次，而且发的只是全部工资的 80%，农民的负担则增加了 10%，其主要原因是农民上一年的人均收入被夸大。此外，乡里主要干部长年住在城里，较少坐机关、下基层、深入实际，心中缺情况、身边少群众，遇到问题拿不出切实可行有效的好办法，矛盾解决不了，就长期累积在那里。矛盾的积累也就是积怨的累积，累积到一定程度就会无可遏止地爆发出来。还有些干部同社会上的恶势力搅在一起，欺压农民，酿成大祸。一些干部素质低下，工作态度粗暴，方法简单、野蛮，导致群众极度不满。上述种种，迫使教师、农民集体上访不断，造成社会不稳定。

贫困农村社区大多地形地貌复杂，历史上多为绿林豪强聚居之地。在那里，争凶斗狠，杀家灭口的历史惨剧数不胜数。“不为馍不熟，只为气不圆”，“有仇不报非君子”等“争气”复仇心理有着深厚的历史积淀。演变到今天，文化水平低下，政府、法律意识淡薄的农民们，在自己的利益受到侵害时就提出一些苛刻要求，得不到满足时就闹事。这是造成社会不稳定的历史文化根源。

农村剩余劳动力的外出，带回了两个“副产品”——离婚和犯罪。改革开放给农村剩余劳动力改变生存状态和生存形式提供了更广阔的空间与优越条件。外部世界和家乡图景形成的巨大反差，强烈地震撼着、吸引着那些农家儿女走出古老、贫穷的生活环境。趋利避害的人类本能使他们在贫穷和富裕、先进和落后、新奇和陈旧、高贵与低贱间很容易做出选择。跳出“农门”摘掉穷帽，告别陈旧、落后与低贱，走向富裕、先进、新奇和高贵，成为他们追求的生存状态和生存形式。自然就业，“土里刨食”老死黄土已成为他们厌恶和鄙视的生存形式。但是，他们中的大多数，却因文化素质低下，在同城市失业大军与浩大打工队伍的就业竞争中往往不能随心所愿。要么受雇佣在繁重的体力劳动岗位上消耗大量的体力以致头昏眼花，要么就吃光路费背起行李重返家园。即便是从事繁重的体力劳动，也因心怀不平怠工或因老板的欺诈，时常得不到应有的报酬。在此情况下，强烈的生存和发展欲望，迫切地改变生存状态和生存方式的焦渴，使文化低下的他们中的一些人做出非理性选择——用爱情的更替、婚姻的重建或暴力的手段来达到自己的目的。改变生存状态、生存方式的冲动和非理性选择成为贫困农村社区的一个不稳定因素产生的根源。

产权和使用权界限模糊，在市场经济条件下引起的必然冲突是又一个不稳定根源。明确的产权界限，不仅是一个权力边界，也是一个利益边界。但农村社区中许多不同利益主体之间的山林、山地界限是不明确的。水源矿山等资源的使用界限——如数个村落的共同边界上的泉水，一个矿区多个承包商的经营界限——时常混淆。这种状况在计划经济条件下，也许可以通过协商解决。但在市场经济条件下，不同利益主体之间就不好协商解决。有时因时间不允许（如抗旱浇地），有时是主观上不乐意（如在承包矿山开采期间权力、财产、人员受到严重伤害的一方）。这就必然会发生为维护各自利益的冲突。产权和使用权界限的模糊是造成资源冲突的根源。

经济挫折和贫困的恶性循环，导致社会不稳定。据考察，一些农村社区的行政领导，尤其是乡一级领导，在发展本地经济的决策过程中主观随意性强，忽视科学论证，盲目追求规模和上大项目，最终导致失败。同时过多地采用行政命令手段而不是经济手段大量平调劳力，侵害了农民生产的自主权，项目得不到农民的支持而屡办屡败。有些项目，由于缺乏科学管理，或项目资金被挪作他用，或有人从中渔利，导致失败。一连串的项目失败，一次次的经济挫折使农民们谈“经”色变，什么调整产业结构，什么“家家上项目，天天有收入”都被认为是“只见撒种不见出苗”的无效劳动。“千保险,万保险,汗水流到地里种好庄稼最保险”,成了农民们不愿改变的信念。产业结构的调整在那里步履艰难。“产业结构是基础”,“产业结构的调整必然引起企业结构、产品结构、职业结构、交换结构、消费结构等等的变化”。单一的农业,只能使贫困农村社区陷入贫困的恶性循环;单一的传统农业,必然导致产品单一、职业单一、交换单一、收入微薄、消费水平低下、生活质量不高。

资源性经济造成环境污染,贫困农村社区往往是资源丰富的地区。资源开发也就成为这类社区发展经济的首选战略。矿山开采、木材加工被许多贫困农村社区列为支柱产业。这样,毁坏资源、污染环境与发展经济同步进行,经济效益与人类公害一道融入人们生活。在占有和使用资源与获得利益的机会不平等导致分配不公正的情况下,环境污染自然引起公愤,打矿长、砸设备的冲突就发生了。污染环境的资源性经济也是不稳定状况产生的根源之一。

家庭联产承包责任制的确给农民们带来过获得生存必要条件的喜悦。但是一家一户的独立经营,也产生了一些困难。在强大的洪水、暴雨、旱灾等自然力面前,单个的家庭面对自然带给他们的溃地堰、流沃土、焦禾稼等灾害,显得软弱无力。加以水库、渠道等水利设施的毁坏,他们又无力修复,只好于无可奈何中听天由命。面对农业机械化,他们心向往之。但一家一户的小块土地经营却限制了机械化发挥威力的手脚。因为他们没有能力使那些对传统操作方法情有独钟者改变感情投向,他们渴望调整土地,把自己的地调整到与自己在耕作方式上有共同需要的人接壤。这样,对土地重使用轻养护或干脆实行掠夺性经营,就成为这一部分人的经营思想。随着工业品价格的上扬,农业生产成本的增加,农产品价格的回落,种田收益的下降,又促使农民以减少投资,降低成本的方式去谋取种田的较高回报,掠夺性经营由此而生根。这对可持续发展是一个现实的威胁。这是家庭联产承包责任制的实行者们未曾预料和不曾预料的结果。这是贫困农村社区生产条件恶化的根源。

贫困农村社区的人口构成中,老龄人口和初中以下人口增加,初中、高中段人口减少,青年一代中不愿在“土里刨食”的人增加,以及传统中“复仇心理”的影响的存在,农民政策、法律观念淡薄,技术水平低下等等不稳定因素存在,不利于农业可持续发展,尤其是不利于未来技术含量高的生态农业发展与产业结构调整,不利于协作精神的养成和发扬。应该说,这是由于对农民教育的忽视造成的。对农民教育的忽视，是贫困农村社区不稳定状况出现和形成的又一根源。

总而言之，贫困农村社区不稳定状况的根源具有政治的、经济的、历史的、文化的，社会及社会心理等的多源性。这些根源的存在决定了不稳定状况的存在。这些不稳定根源的存在有其必然性。因为它们或是历史的“遗老”或是发展的畸形“舛儿”。陈旧落后的意识形态是不会同其依赖的“躯体”一道腐烂并进入坟墓的，它的消亡还需一个过程。在这个过程中，它必定或多或少地产生一些影响。发展向来是不平衡的，正是这种不平衡使那些我们不愿看到的东西凸显了出来。改革带来了发展。这些不稳定根源的存在并不能说明改革的过错，相反，它更能说明改革的必要性和紧迫性，说明只有改革才能消除这些不稳定根源的存在。

三、消除不稳定状况，保持贫困农村社区稳定发展的对策

1. 加强乡村政权建设。加强乡村政权建设，就是要改革机构、裁减冗员、精干队伍、提高效率。改革机构，固然要撤、并一些机构，裁减冗员，但更重要的是要通过整顿干部思想、工作和生活作风，比如坚决清除那些为党纪、政纪、法律和老百姓深恶痛绝且一再检举揭发的腐败分子等，以此来达到精干队伍、提高效率、重塑干部形象的目的。同时，干部制度也要进行改革。要拓宽选拔各级干部的渠道，改变村级干部不能担任乡级主要干部的陈旧用人原则和制度，以便农村社区的精英们（主要是回乡知识青年和复员退伍军人）有发挥才能的更广阔的天地。在使用干部上，上级组织人事部门对乡级干部应该实行任期制和目标管理制。一般情况下，没有违法犯罪的不要轻易调离、撤换和更换，要保持干部在任期内的相对稳定。任期届满，干部管理部门要组织具有广泛代表性的班子对干部任期内的目标完成情况进行公开、公正、科学的考查，做出实事求是的评价，进而决定干部的去留和奖罚。上级领导机关不要滥用“一票否决制”。事实证明，“一票否决制”的滥用，容易加剧干部的危机感和焦虑感，容易迫使干部产生冲动和非理性行为选择。被“一票否决制”否决的干部心里往往不服，这也是造成“跑官”的原因。要坚决废除任期内完不成目标任务易地安置干部的做法，因为这不利于充分调动干部的积极性。“人大”的职能作用应得到充分发挥。有材料显示，凡是“人大”的大政决策，干部任免、监督检查职能作用得到应有尊重和发挥得好的地方，政府决策失误就少，行政过失就少，社会就稳定，经济发展就快。加强乡村政权建设，还应对乡财政制度予以改革。财政由乡包干，尤其是在贫困农村社区这不是一个好办法。

因为贫困乡往往没有什么企业，尤其没有具有“龙头”带动作用的企业，没有集体积累。村里更是如此。许多村干部为了小型公益建设、出差、慰问烈军属等村务，还时常垫支、借支和贷款。在这种情况下，“财政包干”容易导致乡里乱摊派、挪用教育经费和干部挥霍浪费等问题。即便财政包干，教育经费也应由县里统一管理发放。这样，通过机构改革、整顿干部作风、制度建设、强化“人大”职能作用和乡财政制度改革，减轻了农民负担，保证了教师工资的发收，就能较轻易地断绝农民因干部腐败和乱摊派上访、教师因工资被拖欠上访的根源，保持社会稳定。

2.扩大小额贷款规模，扶持广大农民脱贫。国家可对贫困农民实行1000—2000元的小额扶贫贷款，支持农民根据个人的需要和能力开发小项目。因为在贫困农村社区，这个数目的资金足可以帮助农民成功开办凭借家庭劳力或技术优势增加经济收入的项目。事实证明，这样做比将大笔款贷放给少数个人更有效、更安全。如某县1986年以来，国家发放扶贫资金1.07亿元，大部分给了少数人。但现在身背数百万元银行债务的、被群众戏称为“熊猫”(国家保护动物)的人就有十来个，还不说那贷了几万、几十万、近百万元还不了的“专业户”“企业家”。这些“能人”们获得的大笔贷款，他们自认为是靠自己的“能力”“争取”到的，因而在资金使用上随意性强，资金有效利用率较低，即直接用于生产的资金比例小，加上其他原因，导致生产停滞、企业亏损，还贷能力低，银行出现呆坏账。发放小额扶贫贷款给广大农民，他们会因政府的“照顾”而千方百计有效利用资金，使货币增值，尽快还贷，以确保自己的信誉。银行也要花大力气建立一套相应的机制，对债务人进行经常性的教育和指导，随时掌握他们的情况，促其发展，化解风险。这有利于尽快减少绝对贫困人口的数量，维护社会稳定，推动社会发展。

3.明确产权界限，保护农民利益。目前，山林、矿山、林地、山地、滩涂、水源等自然资源在开发、经营过程中不断发生的争执、争夺和冲突，既然是由产权不明或产权界限不清引发的，那就应该依据法律进行明确划分，鉴于冲突多在县级以下的多个人之间发生，一般调解无效，又没有哪一个法人愿意当原告，都想凭自己的实力去解决，那就应该由冲突各方的上一级政府出面组织政府行政职能部门、司法机关共同深入现场勘察确权，将产权和产权界限彻底划分清楚。划分的结果不仅要以具有法律效力的文本为依据，还要设立永久性区分标志。对以前发生的遗留问题，也应一并解决。比如某单位的采矿，在四年前征得农民的山林、山地与耕地，但征地资金迟至今日仍拒兑付，开矿过程中，对生活、生产水源的污染迟迟不予治理等，都应予以解决，以保护农民利益。

4.农村大量低技术、低文化水平剩余劳动力在目前国有企业改革的背景下，向城市非农业产业的大规模转移是不现实的，因为他们不具备与城市的下岗、待岗人员竞争的实力。唯一的办法就是将他们组织起来，集体开发所在社区自然资源，从事有利于改变生产条件、生活环境和可持续发展的大型治山治水治滩造林修路等工程建设，使大量的农村剩余劳动力就地转化为有效的生产力。项目资金可以通过以工代赈的方式由国家发放，剩余劳动力对工程建设的参与可通过工程招标的途径来实现。这样，既拓展了农村就业渠道，又实施了贫困社区的生产生活和环境保护的建设工程，既有利于绝对贫困人口的脱贫，又为贫困农村社区可持续发展创造了条件，积累了后劲，还可带动当地水泥、钢材、运输等行业的发展和产业结构调整，一举数得，大有可为。

5.当代农村青年改变生存状态、生存方式的愿望是强烈的。农村同城市生活质量的差别主要表现在交通、通讯、电力、文化、医疗、体育和其他服务性设施等方面。国家应将投放的大量扶贫资金引导到上述各方面的建设上来，以加快农村贫困社区建设，缩小城乡差别，改善农村人口的生存状态和生存方式，消除他们的不公平心理，保持社会稳定。

6.贫困农村社区的发展，缺的就是科技、资金、信息、人才，因而冲不破贫困恶性循环的链条。而在城市，上述因素有相当部分处于闲置状态，作用得不到发挥。贫困农村社区可抽调力量组成中介机构，制定优惠政策如高回报政策等进军城市从事有偿引进工作。同时，在贫困农村社区内部也要成立消化引进的科技、资金、信息和人才的组织（如开办开发公司之类）。目前存在的问题是要么没有引进行为，或方法不当，引进不力；要么引得进却消化不了。问题就出在政策和组织不完善上，只要引得进，消化得了，恶性循环的链条就有可能被突破，不合理的产业结构就能得到调整，农村人的生存状态和生存方式就自然会发生不同于传统的改变。

7.贫困农村社区，尤其是乡（镇）以下的农村居住条件相当简陋，有许多村落里存在相当数量的土窑洞和茅草房。这说明，那里存在着广阔的房地产市场。国家应采取政策，引导房地产开发商将资金和建设队伍投入广大的农村，去开发那里的一般性农宅房产市场。这不仅可以改变贫困农村社区人口的生存条件，还可以带动当地产业调整，增加农民收入，改善贫困人口的生存状态，加快脱贫步伐。

8.观念支配行为。落后的观念必然导致落后的行为。农村文化教育的落后，导致农村人口文化水平低和观念落后，这是贫困农村社区落后的一个重要原因。贫困农村社区若要及早摆脱落后和贫穷，就必须大力兴办农民夜校，对农民进行文化、卫生、科技、法律等教育，使传统农民变为具有现代文化科技知识和法律意识的现代公民。贫困社区可制定优惠政策，动员、鼓励城镇文化、农技、医疗、教育人员和政府的富余人员到农村开办夜校。通过与农民签订互惠互利的合同方式，将农民夜校办成农民脱胎换骨的大熔炉。以前农村扫盲收效甚微的原因是将农民教育完全压在在职教师的肩上，是义务教育。教师工作量加重了，收入却未增加，因而挫伤了教师的积极性。此外，在职教师工作负担本来就很重，职外工作量增加后，超过了他们的负担能力。这样，农民教育就只能流于形式。同时，贫困农村仅有扫盲教育是不够的。扫盲只解决识字问题，并没有解决农民缺乏科技、文化、法律、卫生等知识问题。开办农民夜校绝不能重复扫盲教育的老路，办好农民教育，互惠互利很重要，这一点不可忽略。办好农民夜校，改变农民文化技能结构是农民脱贫致富，保持社会稳定发展的一项重要对策，更是消除不稳定根源的重要措施。

以上我从八个方面提出了保持农村贫困社区稳定，促进发展的对策。概而言之，就是只有通过对贫困农村社区的政治、经济、文化、教育的改革和对农民文化技能结构与观念的更新，才能保持农村社区稳定，促进社会经济发展，早日摆脱贫困状态，走向富裕。

四、小　结

本文对贫困农村社区的稳定与发展问题的探索，是从揭示不稳定状况开始的，进而从几个方面分析了这种状况的根源，指出其根源具有多源性，提出了深化改革，全面推动，加速发展，消除贫困农村社区不稳定根源的策略和措施。虽然相当篇幅讨论的是改革，似乎与题不符，但由于“稳定是前提，改革是动力，发展是目的”，所以重改革只能是促进发展、保持稳定的合理选择。

注：此文原载于北京当代中国出版社2000年度“中华世纪”丛书。

“能力本位论”刍议

廉江涛　孔焕周

[摘　要]“能力本位论”是适应社会主义市场经济运行机制而产生的，以弘扬人的价值、尊重人的个性、增强人的进取心和竞争力为基本内核的新型价值观念。它是增强国家实力的酵母和内驱力，应当成为支配当代中国发展的核心价值观念。

[关键词]能力本位论　价值观念

一

“能力本位论”，是处于经济转型和文化转型的当代中国社会产生的新型观念。所谓“能力本位”，是指以人的能力为资本、为根本的价值评判体系。具体地讲，它是以人的健康、强壮的体魄为标记，以具有高效、灵活、创新意识为核心理念的高智商作为重要标志的崭新的价值取向。它既不同于原始社会的“群体能力本位”、奴隶社会的“宗族血统本位”，也不同于封建社会的“权本位”、资本主义社会的“钱本位”，还不同于社会主义计划经济条件下产生的“政策本位”。而是适应社会主义市场经济运行机制而产生的，以张扬人的价值、尊重人的个性、增强人的进取心和竞争力为基本内核的新型价值观念。它要求全体国民首先要有健康强壮的体魄，有宏阔的视野，敏捷的思维，健全而灵活的头脑，有显一而知著的能力，举一反三的推断力和洞察力，有在相同或更短时间内创造出比他人大得多的劳动价值总量的爆发力。一句话，“能力本位论”倡导的是具有开拓意识的具有高智商的创造性复合型人才观念。因此，在全体国民心中树立这种新型的价值观念，在全社会建立和健全这种新型理念的运行机制，不仅是必要的，而且是必需的。本文仅就“能力本位”的理论界说和意义作一探讨，以求教于大家。

二

首先，“能力本位”是更新国民观念，增强国家实力的酵母和内驱力。应该说，在注重天人合一，人伦关系，倡导中庸之道的理论基础上，中国传统文化是抑制强者和独创者的文化，它孕育出来的国民大多奉行“出头的椽子先烂”“人怕出名猪怕壮”的价值观念。注重守成，不重进取；注重稳固，不重发展；注重继承，不重创新。这在一定意义上窒息和扼杀了中华民族应有的创新意识和创新动力，从而造成某种程度的滞后局面。在和平与发展成为当代世界两大潮流的二十一世纪，在“发展是硬道理”已经成为全体中国人共识的今天，怎样才能面对挑战抓住机遇，奋起直追，尽快缩短同发达国家间的距离，跻身强国之林？我们认为，首先应当让“能力本位”这个核心理念在我们的制度层面上体现出来。其次是在精神、文化层面上体现出来，使之成为整个社会、整个国家的核心理念。不难预料，只要“能力本位”这种崭新的观念深入人心、开花结果，中华民族必然会是一个更具生机与活力的优秀民族，实现民族的伟大复兴必定指日可待，中国跻身于世界强国的目标，在不远的将来就会实现。改革开放以来的二十年伟大实践和成功经验已昭示了这一点。

其次，“能力本位论”符合社会主义的分配原则与社会主义市场经济运行规律，应当大力提倡。社会主义制度优越于资本主义制度，就在于其实行“各尽所能，按劳分配”的分配原则，从而能激发劳动者的劳动积极性和创造性，能使劳动者最大限度地正确发挥能力，实现人的价值最大化。因此，培养能力，发展创新意识的基本品质，以能力的大小、强弱作为评价每一个劳动者的劳动态度、劳动能力和劳动价值的主要依据的“能力本位论”，不仅符合社会主义初级阶段的中国国情，而且有利于激发每一个劳动者建设社会主义祖国的积极性。再者，社会主义市场经济也要遵循公平、效率、竞争的原则。效率和竞争是以智力和能力为资本的，没有能力，就不会有效率，没有智力，也不可能有能力，没有智力和能力，就无法竞争。因此，社会主义市场经济也是一种智力经济、能力经济和创新经济。繁荣社会主义市场经济的根本目的，就是要试图在最短的时间内创造出最大量的劳动价值，满足社会成员日益增长的物质文化和生活需求，在根本上激活每一个劳动者的创新欲望和创造状态，不断增强国家实力，缩短同发达国家的距离。因此，

“能力本位论”是一种符合社会主义的分配原则和社会主义市场经济运行规律的先进的文化理念。

再次，开放发展的中国需要提倡“能力本位论”。改革开放是我国的一项基本国策。在世界经济一体化的浪潮中，在与世界发达国家政治、经济、文化的较量中，中国能否保持强劲的竞争活力，能否拥有更强大的竞争力，归结到一点，就是看我们是否拥有一支庞大而优秀的富有创新意识和竞争实力的高科技人才队伍和在此基础上形成的注重创新的新型国民精神。正如江总书记指出的那样，“创新是一个民族的灵魂，是国家兴旺发达的不竭动力。一个没有创新能力的民族，难于屹立于世界”。同时，在我们国家内部，提倡能力本位，而不是提倡“关系本位”“金钱本位”“官本位”等，让能力本位这个核心理念在我们的人事干部制度、分配制度、法律制度、道德体系中占据相应的地位，不仅可以有效地遏制腐败现象的蔓延滋长，净化社会环境，而且最终在为社会造成一种崇尚创造，求真务实的良好氛围奠定坚实的文化基础。

总之，在当代中国，确立“能力本位”这个核心理念，使之成为支配我们社会、民族、国家一切活动的内在动力有着十分重要的意义。

三

要使能力本位发挥其支配当代中国发展的核心价值观念作用，使之真正成为增强国家实力的酵母和内驱力，我们认为应该：

第一，切实开展素质教育，积极培养一专多能的复合型人才。如前所述，“能力本位论”的文化理念就是要培养具有创新意识和高智能的复合型人才。然而长期以来，在传统的应试教育观念影响下，形成了以“本”为本，以“考”为纲的封闭性的教育教学内容框架，和以单向度强调教师的主导作用，相对忽视了学生的主体地位和作用的被动传授模式，结果造成对学生创新能力和综合素质的忽视，表现出教育、教学效率的低下，教育产品不能适应社会发展的需求。学生毕业后走上工作岗位还必须经历一个相当长的适应期才能适应角色要求的尴尬现实，便是一个铁证。因此，在今天，我们必须以邓小平同志提出的“三个面向”和江泽民总书记提出的“四个统一”为指导，对我国现行的教育体制从人才培养模式到教学内容，从课程体系到教学方法进行综合性的改革研究与实践，以培养适应二十一世纪我国现代化建设所需要的具有创新意识，实践能力和创业精神的高素质人才。

尤其在培养人才的过程中,必须树立融传授知识、培养能力和提高素质为一体的新型教育理念,或者说在传授知识,培养能力的同时,将素质教育的思想渗透到专业教育之中,贯穿于人才培养的全过程,切实注意人才素质的提高。在这方面亟待解决的是变知识体系、课堂结构、训练方法、评价体系的封闭性为开放性,培养学生具有在获取知识上的选择能力、综合能力和求异求优的能力,即创造性学习能力。

第二,必须正确处理道德与能力的关系。我们提倡的能力本位论,主张将能力作为评价个人价值的主要依据,并不是说它是判定个人价值的全部依据,更不是唯一的依据。我们还必须强调个人的道德思想觉悟,即个人的德。有德无能的人,不能算完全的或健全的人。同样,有能无德的人,也不能算是能力本位论所倡导的新人。根据中国传统文化中历来重视德而忽视能的这个特点,我们强调能,并且认为德必须落实在能上,通过能体现出来。在我国的素质教育论中,素质应包括思想道德素质、文化素质、业务素质和身体心理素质等。其中,思想道德素质是根本,是灵魂;文化素质是基础;业务能力素质是关键,而求异求新求优的创造能力是关键中的关键,是区别人才与非人才的外显特征;身体心理素质是保证。江泽民总书记指出:“要说素质,思想政治素质是最重要的素质。不断增强学生和群众的爱国主义、集体主义、社会主义思想,是素质教育的灵魂。”因此,我们提倡的能力本位是在爱党、爱社会主义、爱祖国、爱人民的思想道德统帅下的能力本位。概而言之,素质教育是一种更加注重人文精神的养成和提高,更加重视人格的不断健全和完善的先进教育。换言之,素质教育是更加重视学生学会“做人”的教育理念。由此看来,素质教育和能力本位就如骨骼和血肉的关系。因此,我们在理解和处理德与能的关系、素质教育和能力本位的关系时应该统筹兼顾,不能厚此薄彼,更不能顾此失彼。

第三,必须加大经济体制和政治体制改革的力度,为全面贯彻、实施能力本位论提供优良的环境和保障。目前,我国的改革主要是经济体制改革和政治体制改革。进行经济体制改革的根本目的,是要变以权力高度干预的计划经济体制为能力充分正确发挥的市场经济体制。也就是说:我们的改革必须依据是否有利于人的能力充分正确发挥来构建市场经济体制,必须坚决贯彻按劳取酬,以能取酬的公开、公平、公正的分配原则,废除现行分配制度中一定程度上存在的职位、资历,甚至“关系”分配物质和精神利益的不合理做法,确保能力素质高并奉行能力本位的人来建设和运作市场经济体制，确保劳动者潜能最大限度地发挥。同样，进行政治体制改革的目的，就是要变围绕权力运转的体制为围绕能力运转的体制。因而在政治体制的改革中，在人事干部制度管理上，在引入竞争机制、激励机制的同时，要体现原则的公平、程序的公平、过程的公开和结果的公平，坚持凭“能力、贡献的大小标准”来选拔和任用人才，摒弃凭人情、关系、资历、主观好恶和感觉印象用人的歪风。同时，还应畅通民主渠道，加强法制建设，切实使能人贤人走上管理、领导岗位，从而在全社会最终形成一种高效、务实、积极进取的国民精神。

注：①韩庆祥：《“能力本位论”的理论价值与实践意义》，原载于《学习与探索》1999年第2期。

②谈松华：《教育创新的时代内涵》，《中国教育集刊》2000年第6期。

③此文原载于《东北亚论坛》2001年第6期。